Bibliografische Information der Deutschen Nationalbibliothek: Die Deutsche Nationalbibliothek verzeichnet diese Publikation in der Deutschen Nationalbibliografie; detaillierte bibliografische Daten sind im Internet über dnb.dnb.de abrufbar.

© 2021 Judith Hohmann
Herstellung und Verlag: BoD – Books on Demand, Norderstedt

ISBN: 9 783754 324929

Geheime Wünsche

Für Lis Hartmann beginnt der dreiwöchige Urlaub, auf den sie sich so gefreut hat, mit einem Chaos: Zuerst wird sie in Punkto Straßenverkehrsordnung von zwei Polizeibeamten aufgeklärt, und schließlich nimmt sie der jungen Designerin Kirsten Meinhardt mit ihrem Wagen die Vorfahrt.

Aus der sich entwickelnden Freundschaft mit Kirsten will Lis ausbrechen, als sie bemerkt, dass sie sich in sie verliebt hat.

Dem nicht genug, dass sie sich anfangs gegen ihre Gefühle wehrt, so wird sie auch noch von einem Fremden verfolgt, der scheinbar vor Nichts zurückschreckt...

Eine Geschichte voller Romantik, Spannung und nervenaufreibenden Momenten.

Geheime Wünsche

Von Judith Hohmann
© 2021

Prolog

Aberglaube oder Schicksal?

Obwohl ich diese Nacht nur sehr wenig geschlafen hatte und mich wie gerädert fühlte, wachte ich an diesem Morgen relativ früh auf. Draußen schien die Sonne; ich sah es durch die Spalten der anthrazitfarbenen Lamellenjalousie.

Als ich mich aufrichtete, bemerkte ich diese unendlich tiefe Leere in mir. Es war Montagmorgen. Normalerweise mochte ich keine Montage, ja, ich hasste sie vielmehr. Stets derselbe Trott: Um Viertel nach Sechs aufstehen und sich auf die angehende Arbeitswoche vorbereiten. Das tat ich nun schon seit fünfzehn Jahren, solange ich dort im Büro beschäftigt war. Unablässig, so wie jetzt, trauerte ich dem für mich zu kurzen Wochenende nach.

Heute hingegen war es anders. Der erste Montagmorgen in diesem Jahr und drei ganze Wochen lang keine Hetzerei. Denn ich wusste, dass Urlaub sich erholen, nichts tun und so manch schöne Dinge erleben bedeutete. Bei diesem Gedanken entwich mir ein Lächeln.

Ich warf einen kurzen Blick auf den Radiowecker, der neben dem Bett am Boden stand und Viertel nach Sechs anzeigte. „Oh Nein", stieß ich hervor. Es konnte nicht wahr sein. „Nun habe ich schon Urlaub und werde wieder so früh wach." Mit diesen Worten ließ ich mich noch einmal für kurze Zeit ins Kopfkissen hineinsinken.

Nach einer Weile richtete ich mich wieder auf, streckte die Arme von mir und gähnte herzhaft. Ich war hinüber ins Badezimmer gegangen. Dort hielt ich einen Lappen unter das fließende Wasser und presste ihn gegen die Stirn.

Als ich mein Gesicht mit einer milden Tagescreme bedeckt hatte, zog ich im Schlafzimmer die Jalousie hoch und öffnete das Fenster.

Ich blickte nach draußen. Leise Winde tanzten zärtlich wie im süßesten Fieber um mein Gesicht, und für einen Augenblick fühlte ich mich aller Sorgen ledig. Düfte von jüngst erwachenden Blüten beherrschten die erregte Luft. Und hoch über dem Haus, am sommerlichen Himmel zwei Schwalben, die in der Luft fröhlich umeinander herumtanzten.

In der Straße, in der ich in einem Mietshaus allein in einer geräumigen Zwei-Zimmer-Wohnung lebte, wurde es lebendig. Der Alltag holte die Menschen auch hier ein. Ich sah den großen Hageren, wie er sich von seiner Frau mit einem flüchtigen Kuss verabschiedete, in seine Limousine stieg und losfuhr. Dann gab es da noch die rothaarige Bankangestellte, die eilig das Haus verließ, um den Linienbus in der Parallelstraße zu erreichen. Wenig später folgte ihr Mann, ein kleiner korpulenter Kerl mit Halbglatze, und fuhr mit seinem schwarzen Coupé in eine andere Richtung davon. Ewald Müller war gerade von seiner Nachtschicht heimgekehrt. Ich sah es an den Rollläden, die in der Wohnung neben mir heruntergelassen wurden.

Nachdem ich mich angezogen und das Schlafzimmer in Ordnung gebracht hatte, griff ich zur Sonnenbrille und dem Schlüsselbund auf der Anrichte im Flur und ging zur Wohnungstür.

Der Duft von frischgebackenen Brötchen stieg mir bereits in die Nase, und ich sah mich schon gemütlich frühstückend an meinem Küchentisch sitzen. Den Kaffeevollautomaten würde ich später einschalten, das hatte noch Zeit.

Als ich das Verdeck angehoben und verstaut hatte, stieg ich in mein Cabriolet, auf das ich sehr stolz war. Lange Zeit des Sparens lag hinter mir, bis ich es mein Eigen nennen konnte, denn das gute Stück gehörte mit seinem stolzen Alter von dreißig Jahren bereits zu den Oldtimern.

Jetzt sah ich den weißen Umschlag dort unter dem linken Scheibenwischer an der Windschutzscheibe haften. Nach näherem Hinsehen konnte ich erkennen, dass es sich nicht um einen dieser gewöhnlichen Werbebriefe handelte, wie sie täglich an jedem Fahrzeug festklebten.

So griff ich nach vorn und riss den Umschlag unter dem Wischerblatt hervor. Dann nahm ich die Sonnenbrille ab, die ich kurz zuvor aufgesetzt hatte, öffnete das Kuvert und las, was darin geschrieben stand.

„Bitte nicht schon wieder", murmelte ich vor mich hin und hob meine Augenbrauen. Ich verzog mein Gesicht ein wenig, steckte den Brief in den Umschlag zurück und legte ihn zu den vielen anderen im Handschuhfach.

Liebesbriefe dieser altertümlichen Art bekam man nur noch recht selten, dachte ich so für mich. Spielte sich doch alles gegenwertig über eine virtuelle Welt wie irgendwelchen Messengern oder sozialen Netzwerken ab. Schon irgendwie süß. Aber ich fand es unsagbar schade, dass der Schreiber, der sich hinter diesen so romantischen Zeilen befand, unerkannt bleiben wollte. Auch wenn ich es manchmal als anstrengend empfand, sah ich es wiederum als Kompliment an, dass man begehrt war.

Auf dem Weg zur Bäckerei hin überlegte ich, ob ich mir noch eine Printausgabe der regionalen Tageszeitung holen sollte. Der Kiosk befand sich auf dem Weg dorthin.

Den ganzen Tag über musste ich mich mit dem Computer auseinandersetzen, doch in meiner Freizeit war es mir wichtig, Abstand hiervon zu nehmen.

Eine Tageszeitung in der Hand zu halten, während man sein mit Marmelade bestrichenes Vollkornbrötchen genoss, war etwas ganz anderes, als einen Blick auf das Tablet zu werfen und die Internetseiten über den Browser immerfort auf und ab zu

scrollen. Schon schlimm genug, wenn man sich ständig beruflich damit auseinandersetzen musste.

Kurzentschlossen hielt ich schließlich an und kaufte mir die
Ausgabe der regionalen Presse. Noch während ich zahlte, stach
mir die große Überschrift ins Auge: ‚Junge Frau im Park von Un-
bekanntem überfallen.‘

Ich blieb wie angewurzelt stehen, als ich zu meinem Wagen
zurückkehren wollte. Dieser Wochenanfang schien perfekt zu
sein, dachte ich und sah die beiden Polizeibeamten dort vor
meinem Wagen stehen. „Gehört das Fahrzeug Ihnen?", wollte
einer der Beamten wissen, als ich mich ihnen näherte.

Ich nickte und fragte, ob damit etwas nicht in Ordnung sei.

„Doch, doch, junge Frau, mit dem Wagen ist alles in bester
Ordnung", gab der andere zur Antwort. „Sehen Sie dieses
Schild dort, unter dem Ihr Wagen steht?" Er wies mit dem Kopf
auf ein eingeschränktes Halteverbotsschild, unter dem ich das
Cabrio kurz abgestellt hatte. „Wissen Sie denn nicht, dass Sie
hier nicht einmal für kurze Zeit halten dürfen, auch dann nicht,
wenn Sie sich eine Zeitung holen wollen?"

„Himmel!", schoss es aus mir heraus. Hatte ich doch tatsächlich dieses gottverfluchte Verkehrszeichen übersehen. „Es
tut mir leid, aber ich habe das Schild nicht bemerkt. Ich war
einfach in Gedanken." Ich biss mir unmerklich auf die Unterlippe. So lange ich hier entlangfuhr, und das belief sich auf nunmehr bereits drei Jahre, war mir dieses verwünschte Straßen-
verkehrsschild nicht aufgefallen. Warum, um alles in der Welt,
mussten mich diese Gesetzeshüter gerade heute an meinem
ersten Urlaubstag dabei ertappen, dass ich falsch parkte?

„Nichts für ungut", lachte der jüngere von beiden. Ich schätzte ihn auf Mitte Dreißig. „Dann wollen wir mal ein Auge zudrücken. Aber merken Sie sich bitte dieses Schild dort, in Ordnung?" Er steckte das Dienst-Smartphone, über dessen App er die Strafzettel ausstellte, in die Brusttasche zurück. Schließlich nickte er seinem Kollegen zu und schob die Schildmütze nach hinten. Sein Blick, den er mir zuwarf, ließ mich das Gefühl überkommen, als wäre ich wie ein kleines Schulmädchen bei einem Streich ertappt und zur Rede gestellt worden. Und ich zuckte zusammen.

„Einen schönen Tag noch", sagte er mit einem Grinsen auf den Lippen und war mit seinem Kollegen zum Streifenwagen zurückgekehrt, der direkt hinter meinem stand. Für einen Moment musterte er mich noch.

„Elender Mistkerl", knurrte ich, als ich den Wagen wegfahren sah. „Das gefiel dir wohl, mich so anzustarren, was?"

Die Autotür fiel laut zu, ich startete den Wagen und wollte nach Setzen des Blinkers anfahren, als es plötzlich einen ohrenbetäubenden Knall gab. Ich vernahm nur noch das Bersten von Metall- und Plastikteilen.

Dann sah ich was geschehen war. Ich sah den dunkelroten Kleinwagen neben mir stehen, warf einen noch zögernden Blick aus dem heruntergelassenen Seitenfenster, bemerkte den eingebeulten Kotflügel, das zersplitterte Glas eines Scheinwerfers sowie das des Blinkers. Und ich verspürte, wie Röte in mein Gesicht stieg. Nachfolgend erblickte ich die Frau dort, die aus dem Kleinwagen gestiegen war, erfasste, wie bestürzt sie die beiden Fahrzeuge und dann mich anschaute.

Da die Fahrertür meines Cabrios zu beschädigt war, um geöffnet zu werden, verließ ich den Wagen über die Beifahrerseite.

Als ich nun um das Auto herumgegangen war und mir den Schaden näher betrachtete, war alles in mir wie ausgelöscht. Ich stand wie angewurzelt da und starrte diese Frau mir gegenüber an. Ich schätzte sie auf etwa mein Alter. Sie trug einen Streetfashion-Look mit dezentem Kleid und eine farblich darauf abgestimmte Jacke. Dazu elegante Lederpumps mit niedrigen Absätzen.

Mein Blick glitt minutenlang an ihr herab. Ihre braunen feinen Haare, die locker auf ihre Schultern fielen, untermalten ihre attraktive Ausstrahlung noch.

„Es tut mir so leid", sagte ich beinahe tonlos. Mein Blick ruhte auf ihr. „So etwas ist mir noch nie zuvor passiert." Um meine Mundwinkel zuckte es. Nervös kramte ich mit der rechten Hand in meiner Jackentasche. Nach was ich jedoch suchte, wusste ich nicht genau; der Autoschlüssel befand sich längst in der anderen Hand.

„Passiert ist passiert", entgegen sie mit ruhiger Stimme. „Das habe ich in ähnlicher Form bereits hinter mir. Überdies ist es eh nur Blechschaden. Und der lässt sich beheben."

„Mal schauen, was noch so alles auf mich zukommt", ironisierte ich. „Denn wenn ich abergläubig wäre, würde ich meinen, dass dies hier keine Zufälle mehr sein können."

„Wie bitte?"

„Es sind auch keine Zufälle mehr." Ich konnte eine Grimasse nicht vermeiden, als ich den Streifenwagen auf der anderen

Straßenseite stehen sah. Und ich erkannte die beiden Beamten wieder, die sich in ihm befanden.

Kapitel 1

Die Nacht der tausend Augen

Vier Tage waren seither vergangen. Den Schaden an beiden Fahrzeugen hatte ich noch am selben Tag telefonisch meiner Versicherungsgesellschaft gemeldet, wo man mir eine rasche Schadensregulierung über die Kaskoversicherung versprach.

Mein Cabrio hingegen musste mit seinem Schaden leider noch ein paar Tage vor dem Mietshaus stehen bleiben, weil ich in der Werkstatt erst für den kommenden Freitag einen Termin bekommen konnte. Der Kfz-Mechatroniker Konrad Mayer, den ich noch von meinen Eltern her kannte, sagte mir, dass der Wagen nur Blechschaden erlitten hätte und ich ohne größeres Risiko weiterfahren könne.

Was aus dem Wagen meiner Unfallgegnerin geworden war, wusste ich nicht genau. Ich hatte mit Kirsten Meinhardt, wie sie hieß, gestern Vormittag um Zehn noch einmal kurz telefoniert; es waren noch einige Formalitäten zu klären.

Nun erhoffte ich, dass die Sache für mich erledigt war.

Der Mond stand hoch am Firmament und erhellte die Kleinstadt. Eine milde und friedliche Nacht lag über mir. Es war jedoch eine von diesen Nächten, in denen ich wieder nicht einschlafen konnte. Womöglich hätte ich noch Tausende von Schäfchen zählen können, weitere Schlaflosigkeit wäre die Folge gewesen. So war ich es letztendlich leid gewesen, zog mich wieder an und machte einen ausgiebigen Spaziergang im nahegelegenen Park.

Die Umrisse zwischen den Bäumen und dem beinahe sternenklaren Himmel verrieten ein harmonisches Zusammenspiel. Ich sah einen Nachtvogel aus der Spitze einer riesigen Tanne, die in der Mitte des Parks stand, in die Finsternis entfliehen. Angenehmer Wind strich mir immer wieder spielerisch durch meine Haare und übers Gesicht.

Ein erneuter Blick nach oben ließ mit einem Mal Wolkenfelder erkennen, die über den Mond glitten, und es schien mir so, als wäre er eine prächtige weiße Kugel, die sich wie ein fremdes Objekt am Himmel fortbewegt.

Ich befand mich bereits auf dem Heimweg, als ich den Wagen bemerkte, der dicht herangefahren kam und nun im Schritttempo neben mir herfuhr. Meine Hände in den Jackentaschen ballten sich zu verkrampften Fäusten, und mein Herz begann wild zu hämmern.

Meine Gedanken drehten sich nur noch um den Artikel in der Tagespresse, in dem vor einem Unbekannten gewarnt wurde, der Frauen überfiel. Zweihundert Meter waren es noch bis zur Eingangstür des Mietshauses.

Eine Angst erfasste mich, wie ich sie noch niemals zuvor in meinem Leben verspürt hatte. Ich malte mir bereits die schlimmsten Vorstellungen aus, wie der Kerl aus dem Auto sprang und sich mir in den Weg stellte. *Nur nicht in Panik gera-*

ten, sagte ich mir.

Ich war in gleichmäßigen Schritten weitergelaufen, wandte keinen Blick zur Seite, als der Wagen plötzlich schneller zu werden schien und ein paar Meter weiter dann zum Stehen kam. Wegen der kaputten Nummernschildbeleuchtung konnte ich das Kennzeichen nicht erkennen. Möglicherweise Absicht?

Abrupt blieb ich stehen und meine Beine zitterten. Starr vor Angst, und selbst das Atmen fiel mir schwer, sah ich, wie jemand ausstieg und auf mich zukam. Als nächstes vernahm ich eine Frauenstimme. „Hallo Lis, so spät noch unterwegs?"

Ich atmete erleichtert auf, als sie dicht vor mich trat und ich sie erkannte. „Sie haben mich vielleicht erschreckt", sagte ich, denn die Angst steckte mir immer noch in den Knochen.

„Als ich eben so neben Ihnen herfuhr, überlegte ich noch, ob Sie es tatsächlich sind", ein wunderschönes Lächeln hatte sich auf Kirsten Meinhardts Gesicht gezaubert.

Wenn ich sie mir so näher betrachtete, bemerkte ich, dass sie selbst unter der Straßenbeleuchtung äußerst attraktiv aussah. Und mit einem Mal fühlte ich, wie die Angst langsam von mir wich.

„Ich dachte so für mich, Mut hat sie ja, so alleine um diese Zeit hier herum zu spazieren", fuhr sie fort. „Haben Sie denn keine Angst? Ich meine, wenn man überlegt, was einem in der heutigen Zeit so alles zustoßen kann?"

Es mochte durchaus möglich sein, dass ich noch nie zuvor in meinem Leben richtig sprachlos gewesen war. Aber tatsächlich, diesmal war ich es. Diese Frau mir gegenüber hatte es wirklich geschafft, dass ich nicht mehr wusste, was ich hätte erwidern können.

Sie bemerkte, dass ich nichts darauf zu sagen vermochte und lachte. „He, was halten Sie davon, noch einen Sprung mit raufzukommen? Ich weiß, dass dies normalerweise keine Zeit für Besuche ist. Doch ich wohne direkt schräg gegenüber. Und wenn es nichts ausmacht…?"

Ich zog die Augenbrauen zusammen. „In der Siebzehn?"

Sie nickte. „Wir sind sozusagen indirekte Nachbarn."

„Dann sind Sie das, die vor kurzem in das Haus gegenüber eingezogen ist?"

„Was hältst du davon, wenn wir das förmliche ablegen würden und DU zueinander sagen?", entschlüpfte es ihr spontan. Sie machte eine kurze Pause. „Ich bin Kirsten."

Ich musste verrückt geworden sein. Da tauchte um zwei Uhr in der Nacht diese Frau auf und lud mich zu sich ein. Und nun war ich tatsächlich bei ihr in der Wohnung gelandet.

Nicht, dass ich etwas dagegen einzuwenden gehabt hätte, aber ich musste mich selbst beanstanden, zumal dies, was ich hier tat, strenggenommen gegen meine Prinzipien verstieß. Es war einfach nicht meine Art, um solch einer Uhrzeit bei jemand Fremden in dessen Wohnung einzukehren.

Aber Fremde? Traf dies auch auf Kirsten zu? Obwohl ich Kirsten Meinhardt erst seit unserem gemeinsamen Verkehrsunfall her kannte, kam es mir doch vor, als würde ich sie schon länger kennen, so vertraut schien sie mir. Es ging eine Ausstrahlung von ihr aus, die vielleicht nur mir bewusst wurde.

Ich lehnte zurück in einem Sessel, auf dem Tisch vor mir

stand ein Glas Mineralwasser. Für kurze Zeit starrte ich die weißgetünchte Wand auf der anderen Seite des Raums an. Ich musste zugeben, dass mir Kirsten anfing zu gefallen. Irgendwie fand ich sie sogar richtig süß.

Als ich zu ihr hinübersah, kreuzten sich unsere Blicke. Da saß sie mir nun gegenüber, eine junge Frau von sechsunddreißig Jahren, gutaussehend, mit braunen, schulterlangen Haaren. Und ihre Augen glänzten tiefblau.

Ich erschrak über mich selbst und die Gedanken, die durch meinen Kopf schwirrten. Nein, es waren nicht die Gedanken, die mich beschäftigten. Kirsten war es. Und ich wollte einfach nicht, dass SIE der Grund war.

„Du hast eine schöne und geschmackvoll eingerichtete Wohnung", sagte ich bestimmt, um ein Thema anzuschneiden.

Wenn Kirsten Meinhardt diese Wohnung selbst eingerichtet hatte, so hatte sie diese mit viel Geschmack komponiert. Die Einrichtung wirkte zwar modern, war aber auch zeitlos.

„Was?" Kirsten schien erschrocken, als wäre sie selbst anderswo gewesen.

„Genaugenommen gehe ich um solch eine Uhrzeit nicht mehr spazieren", begann ich, „aber ich konnte einfach nicht einschlafen, so grotesk es auch klingen mag. Über eine Stunde habe ich wachgelegen. Schließlich habe ich mich wieder angezogen und bin an die frische Luft gegangen, dachte, dass sie mir eigentlich guttun müsste."

„Und dann kam auch noch ich. Ich habe dir wohl einen ganz schönen Schrecken eingejagt, wie?"

„Ist nicht von der Hand zu weisen. Ich dachte ja nicht daran, dass du vor mir stehen könntest. Vielmehr erinnerte ich mich an den Presseartikel, in dem vor so einem Irren gewarnt wurde, der Jagd auf Frauen macht."

Kirsten blickte unter sich. Sie fuhr sich mit den Fingern durch ihr feines Haar.

Dann sagte sie, und sie schaute mir dabei gerade in die Augen: „Es tut mir leid, wenn ich dir solch einen Schrecken eingejagt haben sollte." Sie griff zum Glas und nahm einen Schluck. „Ich denke, es war nicht gerade fair."

Nur selten zuvor hatte ich mit einem Menschen so intensiv über alles sprechen können wie mit Kirsten. In den Stunden, so meinte ich, war der Beginn einer zarten Freundschaft entstanden.

Seit fast einer etwa halben Stunde lag ich nun in meinem Bett auf dem Rücken und starrte die Decke an. Ich sah immer noch diese tiefblau glänzenden Augen vor mir, dieses unbeschwerte Lachen. Es war einfach ihre Art, von der ein mächtiger Zauber ausging und mich in seinen Bann zu ziehen schien.

Ich ertappte mich dabei, dass ich an diese Frau dachte.

Als ich am Morgen erwachte, wurde mir klar, dass ich in den vergangenen Stunden nur sehr schlecht geschlafen haben musste. Mein Bett war wüst zugerichtet, die Steppdecke lag am unteren Bettrand zur Hälfte am Boden. Und den Bezug meines Kopfkissens musste ich wohl im Schlaf abgezogen haben. Er lag neben dem Bett und verdeckte den Radiowecker. Die Beleuchtung der digitalen Anzeige schimmerte durch den hellen Stoff. Es schien, als hätte ich einen Kampf mit irgendjemandem oder -etwas geführt.

Gegenüber im Spiegelbild meines Schranks sah ich die Bescherung. Ich erkannte mich selbst nicht wieder. War ich es wirklich, die dort zu sehen war?

Ich kroch vom Bett und stand nun aufrecht so dicht vorm Spiegelschrank, dass ich mit meiner Nasenspitze die Fläche berührte. Mit der rechten Hand fuhr ich zitternd durch meine zerzausten Haare.

Dann schleppte ich mich, immer noch unendlich müde, zum Fenster hinüber und öffnete es. Als ich meinen Kopf herauszustrecken versuchte, streifte mich ein Regentropfen, und so schnell, wie das Fenster geöffnet war, war es auch schon wieder verschlossen.

„Logisch, ich habe Urlaub und draußen regnet's", fluchte ich leise vor mich hin und ging wieder zum Bett zurück.

Es war gegen Elf, als es an der Wohnungstür läutete.

„Guten Morgen." Kirsten Meinhardt lächelte und schien erstaunt, als sie mich im Schlafshirt mit Aufdruckmotiv in der Tür stehen sah. „Ausgeschlafen?"

Ich dachte mich verhört haben zu müssen. „Wie?" Dann blickte ich an mir hinab und grinste verlegen. Jetzt verstand ich, was sie mit ausgeschlafen meinte. Ich bat sie herein.

„Das hattest du bei mir vergessen", Kirsten legte mein Smartphone auf der Anrichte ab.

„Vielen Dank", sagte ich erleichtert, als ich das Handy dort liegen sah. Ich schloss die Tür hinter ihr. „Magst du einen Kaffee?"

Kirsten nickte und ging, während ich den Kaffeevollautomaten einschaltete, ins Wohnzimmer.

„Du hast aber auch eine sehr stilvoll eingerichtete Wohnung", sagte sie jäh hinter mir, als ich zwei Tassen unterstellte, und zuckte zusammen.

„Das Shirt steht dir gut", sagte sie und sah mich gerade an. „Du siehst richtig süß so unausgeschlafen aus."

„Findest du?" Ich reichte ihr eine Tasse frisch zubereiteten Crema. „Milch? Zucker?"

„Weder noch", winkte sie ab.

„Kalorienfanatiker?", fragte ich kurz.

„Was?"

„Nun ja, ich kenne dies vom Büro her. Man beschwert sich über die Kalorien und zieht gewaltig die Bremse. Das sieht man dann auch beim Kaffeetrinken: Keine Milch und keinen Zucker. Einfach Null Kalorien."

Kirsten warf einen Blick auf ihre Tasse. „Nein, nein, keine Sorge, ich bin keine, wie sagtest du noch gleich, Karlorienfanatikerin. Ich sündige sogar mal ganz gerne." Sie nahm einen Schluck. „Wir war das noch? Du sagtest, du hättest Urlaub?"

„Ja, Gott sei Dank. Drei Wochen, um genau zu sein", sagte ich erleichtert. „Allerdings ist eine Woche davon schon fast um. Aber das ist wohl bei Urlaub so. Diese Zeit vergeht immer schneller als ein Arbeitstag. Das ist nun mal das Los eines jeden Arbeitnehmers."

Kirsten beobachtete mich noch immer, und ich wurde rot dabei. Ich ertappte mich dabei, dass auch ich sie ansah.

Und ich dachte zurück an die Vergangenheit. Ich hatte mich schon damals in Mädchen verliebt, aber das waren mehr oder weniger romantische Neigungen, wie fast jede Frau sie einmal hat. Bei Kirsten jedoch war es irgendwie anders. Ich fühlte mich von ihr angezogen und zugleich von meinen Skrupeln zurückgehalten. Vielleicht, weil ich instinktiv ahnte, dass daraus mehr werden konnte? Was wusste ich schon über Kirsten Meinhardt? Gab es einen Mann oder Freund in ihrem Leben? Im Grunde genommen war sie mir gegenüber immer noch fremd.

Plötzlich verspürte ich in mir eine aufsteigende Unsicherheit. Unsicherheit, weil ich zum ersten Mal in meinem Leben meiner Selbst nicht mehr sicher war.

„Jetzt wird es aber Zeit für mich", sagte sie auf einmal. „Ich habe noch einiges zu erledigen, ehe ich ins Atelier muss."

Ich nickte. „Nochmals vielen lieben Dank dafür, dass du mir mein Smartphone zurückgebracht hast. Ich hätte es heute sicher noch vergeblich gesucht und nicht einmal vermutet, dass es bei dir liegen könnte."

Ich blieb hinter der Wohnungstür stehen, bis ich ihre Schritte im Treppenhaus nicht mehr wahrnahm.

Danach kehrte ich in die Küche zurück. Dort setzte ich mich an den Tisch und kaute lustlos auf einem frisch gerösteten Toast herum.

Plötzlich war mir nach einem Bad zumute. Ich ging ins Badezimmer, drehte den Warmwasserhahn auf und zog mein Shirt aus. Ausgezogen ging ich ins Wohnzimmer und setzte mich aufs Sofa. Ich fror, es war recht kühl im Zimmer. Aus dem Bad hörte ich das Wasser laufen. Ich ging hinüber, tauchte die Fingerspitzen hinein und ließ etwas kaltes Wasser nachfließen.

Fast eine ganze Stunde verbrachte ich in der Badewanne.

Ehe ich mich wieder anzog, betrachtete ich im Spiegel mein Gesicht. So schlecht sah ich doch überhaupt nicht aus, dachte ich.

Mit einer Tüte absolut ungesundem Salzgebäck und einer Flasche Rotwein versuchte ich mich abends auf eine weitere Folge meiner Lieblingsserie, die täglich über einen Pay-TV-Sender ausgestrahlt wurde, zu konzentrieren.

Doch schon nach etwa zehn Minuten merkte ich, dass ich mich nicht darauf konzentrieren konnte; ich bekam einfach nichts vom Geschehen mit. Kurz vor Neun war ich es leid geworden und schaltete aus. Es war das erste Mal, dass ich eine Folge nicht zu Ende sah.

Nun stand ich auf dem Balkon über das Geländer gelehnt, in der rechten Hand haltend mein Glas mit Wein.

Gedankenverloren blickte ich in die Dämmerung der kommenden Nacht. Ich schloss meine Augen und dachte an den heutigen Tag zurück. Alles lief noch einmal wie ein Film vor mir ab. Schon fast bizarr: Ich entdeckte mit einem Male Gefühle in mir, von denen ich annahm, sie im Keim erstickt zu haben. Ich hatte sie irgendwo ziemlich weit hinten in einer Schublade eingeschlossen und angenommen, dass ich sie zugeschlossen und den Schlüssel weit von mir tief im See des Vergessens versenkt hätte.

Je mehr ich über alles nachdachte, umso mehr kam ich zum Schluss, dass ich mich ernsthaft in Kirsten zu verlieben schien. Und umso mehr ich mich dagegen zu wehren versuchte, umso mehr rebellierte mein Innerstes dagegen. Es war wie ein Strudel, aus dem es keinen Ausweg zu geben schien.

„Nein!", schrie ich plötzlich. Und beinahe im selben Augenblick knallte das Glas gegen die Hauswand. Ein Scherbenregen prasselte auf den Fußboden. Ich registrierte, wie sich eine Träne aus meinem rechten Auge löste und auf mein weites Karohemd hinabfiel.

Kapitel 2

Gefühlsschwankungen

Es begann bereits zu dämmern, als ich wieder zu mir kam. Meine Augenlider waren schwer wie Blei, und nur mühevoll konnte ich mich an das entsinnen was geschehen war. Ich bemerkte, dass ich die Nacht im Wohnzimmer auf dem Sofa verbracht hatte.

Mit einem Mal war mir kalt. Ich schloss das Fenster und blickte eine Weile zum Park hinüber. Doch obwohl das Fenster jetzt geschlossen war, fror ich am ganzen Körper. Ich fühlte mich elend wie lange nicht mehr.

Ich ging in die Küche, um mir einen heißen Tee mit Zitrone zuzubereiten. In der Spüle lag das verschmutzte Geschirr. Und während ich es mir so betrachtete, wurde mir übel. Möglich, dass ich mir eine Erkältung zugezogen hatte.

Anschließend war ich ins Badezimmer gegangen, löste ein Aspirin im Wasser auf und trank es. Ich warf einen Blick in den Spiegel und dachte, dass mein Gesicht blass aussah.

Mir war auf einmal so schlecht, dass ich mich ins Bett legte und mir die Decke bis über die Ohren zog. Es war wie verhext: zuerst fror ich so am ganzen Körper, dass meine Zähne aufeinanderschlugen, und jetzt, nach beinahe zehn Minuten, fing ich so an zu schwitzen, dass mir mein Shirt am Rücken festklebte.

Es musste eine Sommergrippe sein. Und diese wie immer jedes Jahr im Juli. Immer das Gleiche. Generell zwei Tage nach Urlaubsbeginn zog ich mir einen Infekt zu.

Ich zog mein Schlafshirt aus, drehte mich auf den Bauch und presste das Gesicht gegen das kühle Kissen. Ich bin krank, richtig krank, dachte ich. Ich könnte sterben, ohne dass es ein Mensch bemerken, man mich vermissen würde. Im Büro würde man sich erst nach Beendigung des Urlaubs Gedanken darüber machen, warum ich nicht zurückkehrte. Und meine Eltern würden mich auch nicht so rasch vermissen. Ja, wie sollten sie auch? Ich hatte mich ohnehin vor zwei Jahren mit meinem Vater zerstritten, und es war keine Beilegung des Streites in Sicht. Die Einzige, die darunter litt, war meine Mutter.

Wie es hierzu überhaupt gekommen war, daran konnte ich mich nicht mehr entsinnen. Ich wusste nur noch, dass es an einem Sonntag war, als sich die ganze Familie wieder einmal im Elternhaus zum gewohnten Mittagessen versammelte.

Sabrina war auch erschienen. Sabrina, meine Schwester, ichbezogen und immer auf sich bedacht, wenn es darum ging, das Beste aus Allem herauszuholen. Bernd, ihr Mann, und die drei Kinder waren auch anwesend. Zwischen mir und Vater war es zuvor schon des Öfteren zu Differenzen gekommen.

Und auch an diesem Tag lag wieder diese Spannung in der

Luft. Es war nur noch eine Frage der Zeit, wann es zur Explosion kommen würde. Und blitzartig geschah es: Irgendwie kamen wir erneut auf meine Lebensweise zu sprechen. Vater verglich wieder einmal meinen Lebensstil mit dem ausgefüllten meiner Schwester. Er lobte schließlich auch noch seinen Schwiegersohn Bernd.

Immer, wenn ich mir meinen Schwager näher betrachtete, so wurde mir bestätigt, dass ich ihn auf den Tod nicht ausstehen konnte. Ich fragte mich manchmal, wie Sabrina diesen Mann eigentlich heiraten konnte.

Manchmal kam es mir so vor, wenn ich an die Vergangenheit zurückdachte, dass er Sabrina nur deshalb geheiratet hatte, um mir näher sein zu können. Da war stets dieser Blick. Wie er mich ansah, wenn ich im Hemd über den Flur zum Badezimmer ging. Dann hatte ich das Gefühl, als wolle er mich schon mit seinem Blick ausziehen.

Und dieser Blick hatte sich in keiner Weise geändert, auch wenn sie schon über elf Jahre ein Paar waren. Es war immer dasselbe: Vater und Bernd hegten zwar auch Groll gegeneinander, aber wenn es zu Unstimmigkeiten mit mir kam, hielten sie zusammen wie Pech und Schwefel.

Bernds verletzter Stolz. Verletzt deshalb, weil er das nicht haben konnte, was er von mir gerne gehabt hätte.

Und es kam wie es kommen musste.

Als mein Vater mir wieder einmal vorhielt, warum ich mit meinen Anfang Dreißig noch nicht verheiratet war und keine Kinder hatte, riss mir der Geduldsfaden. Und ich verließ mit einigen deftigen Bemerkungen das Haus.

Ich wusste nicht mehr, was ich meiner Familie alles an den Kopf warf. Doch mir war klar, ich war zu ausfällig geworden.

Exakt seit diesem Zeitpunkt hatte ich keinen großen Kontakt mehr zu meinen Eltern sowie zu meiner Schwester mit Familie gehabt.

Ich schwitzte erneut, und das Laken unter mir war feucht. Zuerst drehte ich mich auf die Seite, dann auf den Rücken, und ich fühlte mein Gesicht brennen. Nach einer Weile dann war ich eingeschlafen.

Nach drei Stunden, als ich wieder aufwachte, hörte ich, dass es draußen schüttete. Dunkle Wolken waren heraufgezogen, und in der Ferne hörte ich das Grollen eines herannahenden Unwetters.

Ich verspürte keine Lust danach mich anzuziehen. Vielmehr wollte ich den Tag lieber im Bett verbringen. Zum einen fror ich immer noch ein wenig, und zum anderen verspürte ich keinen Anreiz dazu etwas zu unternehmen.

Nach einiger Zeit fiel mir jedoch ein, dass ich um Eins mit Jochen im Squash-Center verabredet war. Es wäre ein Einfaches gewesen, zum Smartphone zu greifen und ihm über den Messenger eine Nachricht zu senden, mit der Bitte, die Trainingsstunde zu verschieben. Jochen hätte es sicher verstanden.

Ich kannte Jochen Bochardt schon seit der Schulzeit. Er war ein lieber Kerl. Zwischen mir und ihm hatte sich eine starke Kameradschaft entwickelt, wo sich einer auf den anderen bedingungslos verlassen konnte. Er war für mich wie ein großer Bruder, mit dem man über alles reden, bei dem man sich auch einfach nur ausweinen konnte. Er stand mir oft schweigend zur Seite, hörte zu, wenn es mir schlecht ging.

Schließlich setzte ich mich auf und griff nach meiner Wäsche. Im Sitzen dann versuchte ich mich anzuziehen.

Mit meiner Sporttasche und dem Squashschläger verließ ich nach etwa einer Stunde das Haus. Es wurde Zeit für mich, wenn ich mich in zwanzig Minuten mit ihm vor der Halle treffen wollte.

Jochen wartete bereits im Auto auf mich, als ich auf dem Parkplatz vorfuhr. Die Halle befand sich etwa fünfzehn Minuten vom Stadtkern entfernt. Sie lag etwas außerhalb in einem Talkessel, umgeben von Gewerbebetrieben wie Autohäusern und anderen Unternehmen. Er lächelte mir zu, als ich aus dem Wagen stieg.

„Hallo Jochen", ich erwiderte seinen Blick und drückte ihm, als ich nun dicht vor ihm stand, einen flüchtigen Kuss auf die Wange. „Nimm bitte heute ein wenig Rücksicht auf mich. Mir geht es nicht so gut."

„Gestern wohl wieder zu viel getrunken, wie?", feixte er.

„Quatschkopf!" Ich knuffte ihn in die Seite und zog eine Grimasse. „Nun gut, du hast es nicht anders gewollt. Ich werde dir ein schweres Match bereiten."

Erst jetzt bemerkte ich, wie entkräftet ich war. Meine Glieder taten mir zudem weh, und müde lehnte ich mich an eine Wand.

Jochen stand dicht vor mir. „Was ist mit dir? Geht es dir nicht gut?" Besorgnis lag in seiner Stimme. Er wischte sich mit einem Handtuch den Schweiß von der Stirn.

„Es ist nichts", sagte ich. Ich war mit der rechten Hand durch mein kurzes strubbeliges Haar gefahren. „Ich bin nur ein wenig erschöpft. Vielleicht habe ich wieder eine dieser Sommergrippen. Es ist sonst weiter nichts."

(c) 02/2019 Judith Hohmann

„Weiter nichts?" Jochen schaute mich vorwurfsvoll an. „Lis, wie lange kennen wir uns jetzt schon? Ich weiß, dass du mich nicht beschwindeln kannst. Welche Probleme belasten dich?"

„Es gibt keine Probleme", gab ich zur Antwort. „Außer dass ich vergangenen Montag mein Cabrio fast geschrottet hätte.

Ich denke, dass ich mich später besser etwas ausruhen werde."
Mit diesen Worten ließ ich ihn vor dem Court stehen.

Ich umgriff meinen Schläger fester, nahm die Tasche in die
andere Hand und schleppte mich die Treppe zu den Umkleide-
kabinen hinauf.

Während ich mich auszog, bemerkte ich nicht, wie die Türklinke hinter mir hinunter gedrückt wurde. Ich griff vielmehr
nach der Duschcreme sowie dem Handtuch und wollte zum
Duschraum gehen, als hinter mir eine Stimme sagte: „Hallo Lis.
Ich wusste gar nicht, dass du auch Squash spielst?"

Als ich mich umdrehte, blickte ich in das Gesicht von Kirsten
Meinhardt. Mein Gesicht brannte auf einmal, und ich bemerkte, dass es feuerrot geworden war. Meine Handflächen
waren feucht, und ich umgriff das Handtuch fester. Es war das
erste Mal, dass es mir unangenehm war, so vor ihr zu stehen,
was mir in Gegenwart anderer Frauen oder Männer nichts ausmachte. Doch hier war dies anders.

Sie starrte mich an. Mir war, dass Kirsten auch nervös und
verlegen zu werden schien, und ich sagte: „Das ist aber wirklich
ein Zufall, dass wir uns hier treffen."

Welch ein saublöder Satz! Solch ein Schwachsinn wäre mir
sicher woanders nicht eingefallen. Am liebsten hätte ich mich
ganz weit weggewünscht, an einen Ort, wo nur ich war. Ich
wünschte mir auch, dass die Spannung, die zwischen uns zu
herrschen schien, von den anderen im Raum unbemerkt blieb.

„Nebenbei bemerkt", begann Kirsten, „ich wollte dich fragen, ob du heute Abend schon was vorhast? Ich hätte dich
nämlich gern bei mir zum Essen eingeladen."

„Gibt es einen besonderen Anlass?", wollte ich wissen.

Die junge Frau schüttelte den Kopf und stellte die Tasche auf dem Boden ab. „Doch, vielleicht. Du weißt doch, dass ich Modedesignerin bin. Und da gibt es einen kleinen Erfolg zu verzeichnen. Aber später darüber mehr. Um Acht dann bei mir?"

Ich verspürte eine gewisse Erleichterung, als ich unter das fließende Wasser trat. Der Strahl auf meiner Haut tat gut. Das Wasser perlte über mein Gesicht, als ich mit dem Handtuch meine Haare trocknete. Danach zog ich mich wieder an.

Wieso hatte ich eigentlich für heute Abend zugesagt? Einerseits freute ich mich darauf, sie wiederzusehen und mit ihr den Abend zu verbringen. Andererseits aber überkamen mich Bedenken. Ich fragte mich, ob es richtig war sie überhaupt noch zu treffen.

Als ich die letzten Stufen nahm und nun dicht vor Jochen stand, fühlte ich mich ein wenig traurig darüber, was in mir vorging. „Jochen, wollen wir irgendwo was trinken gehen? Ich habe noch keine große Lust nach Hause zu fahren."

Jochen Bochardt nickte und griff nach meiner Sporttasche. „Ich trage sie dir zum Auto, in Ordnung?"

Noch während wir zur Tür hinausgingen, sah ich im letzten Court Kirsten Meinhardt spielen. Und ich sah ihren Partner, mit dem sie spielte: ein gutaussehender junger Mann, etwa Ende Dreißig, groß und mit blonden kurzen Haaren. Ich zog die Augenbrauen zusammen. Ob das wohl ihr Freund war?

Ich erwischte mich dabei, dass ich mir während der Fahrt weitere Gedanken um diesen Kerl machte. Ich malte mir bereits aus, wie er sie küsste, berührte, ihr leise zärtliche Worte ins Ohr flüsterte und…

„Nicht das!", meine Stimme hob sich. Ich schlug, als die Ampel vor mir auf Rot umsprang und ich halten musste, mit den Fäusten auf das Lenkrad. „Verdammt noch mal, Lis, du bist ja auch noch eifersüchtig."

Und nicht einmal Jochen konnte mich auf andere Gedanken bringen. Ich saß ihm in der Kneipe an einem kleinen runden Tisch, der beim Fenster stand, gegenüber und blickte nach draußen.

„Was ist los mit dir?", fragte er nach einer Weile und sah mich an. Seine breiten Schultern krümmten sich über einem Weizenbier. „Ich kann mir nicht helfen, aber du wirkst irgendwie verändert. Zum einen richtig aufgekratzt, zum anderen deprimiert. Willst du mit mir darüber reden?" Jochen machte eine kurze Pause. Dann fügte er hinzu: „Lis, wir sind Freunde. Und du weißt, dass du mit mir über alles sprechen kannst."

„Ich weiß", sagte ich beinahe tonlos, „dass ich mit dir über alles offen sprechen kann. Und ich bin glücklich darüber, dass dem so ist."

Da saß er mir nun gegenüber, mein bester Freund, stets gekleidet in Jeans und legerem Blouson. Sein längeres Haar sah nie gestylt aus, selbst wenn es gestylt war. Jochens herben Gesichtszüge und sein durchtrainierter Körper hatten sicher manche Frau nach dem ersten Blick zu einem Annäherungsversuch veranlasst. Ich mochte eigentlich alles an ihm.

Vertrauen. Das war es, was ich annahm, dass es mich mit ihm verband. Und doch, dieses Vertrauen, das er mir entgegenbrachte, schien nicht groß genug zu sein. Denn sonst hätte

ich mit ihm über mein Innenleben gesprochen, hätte ihm von
Kirsten erzählt und was ich empfand. Vor Allem aber begriff ich
mich selbst nicht mehr. Ich dachte fortdauernd, dass eines Tages der sogenannte Märchenprinz vor mir stehen müsste, dem
ich in großer Liebe und Verbundenheit auf sein Schloss folgen
würde. Und da gab es Augenblicke, in denen ich annahm, dass
vielleicht sogar Jochen dieser Prinz war.

Hier saß ich nun und war meiner Selbst nicht mehr sicher.
Die Entschlossenheit, Jochen über meine Probleme, wie er sie
nannte, reinen Wein einzuschenken, hatte mich verlassen. Auf
gewisse Weise hatte Jochen ja sogar recht. Seit ich diese Frau
kannte, war ich total aufgekratzt. Zum einen himmelhoch-
jauchzend, und zum anderen zu Tode betrübt. Ganz sicher
kannte ich den Grund dafür, wollte ihn aber nicht wahrhaben.

„Jochen", meine Stimme klang immer noch ernst, und ich
legte meine Hand auf seine. „Ich brauche noch etwas Zeit.
Dann werde ich vielleicht den Mut haben, mit dir darüber zu
sprechen. Nur jetzt kann ich noch nicht. Bitte versteh mich."

Nun stand ich schon seit geraumer Zeit an das Brückengelän-
der gelehnt und blickte den Autos nach, wie sie unter mir nach
Nirgendwo fuhren. Wieder zogen dunkle Wolken am Horizont
empor, und es schien, als ob Petrus erneut seine Schleusen öffnen würde.

Immer wieder kreisten meine Gedanken um die erste Be-
gegnung zwischen Kirsten und mir. Und das, was darauf folgte.
Es war merkwürdig. Noch nie zuvor hatte ich mich mit etwas
mehr beschäftigt als mit ihr. Was war diesbezüglich überhaupt

los mit mir?

Ich lernte diese Frau kennen und war völlig durch den Wind. Wenn ich schlief, träumte ich von ihr. Selbst in meinen Tagträumen verfolgte sie mich. Und wenn ich abends in meinem Bett lag, wünschte ich mir, dass sie bei mir wäre. Ich vernahm ihre Stimme in meinem Ohr, glaubte ihre Hand zu spüren, die aus der Dunkelheit kam und mich streichelte.

Sodann fühlte ich mich wieder sehr allein.

Aber ich wusste, ich musste aus dieser Freundschaft ausbrechen, ehe es zu spät dafür war, und ich mich weiter in Gefühle verrannte, die ich im Grunde genommen nicht wollte.

Aber wollte ich sie wirklich nicht?

Ein Blick auf die Uhr verriet, dass es bereits Sieben vorbei war. Es wurde also Zeit für mich, dachte ich und kehrte zum Wagen zurück, um die Heimfahrt anzutreten. Während der Fahrt überlegte ich kurz Kirsten die Einladung auszuschlagen, doch es wäre sicher unhöflich dies zu tun.

Ich parkte meinen Wagen gegenüber dem Mietshaus und eilte zum Hauseingang, da erste Regentropfen mein Gesicht streiften. Da sah ich Kirsten dort stehen.

„Bitte sei mir nicht böse, dass ich dich jetzt schon überfalle." Sie sah mich mit Unschuldsmiene an.

Einen Moment vermochte ich nichts zu sagen und schaute sie nur an. Sie trug ein enggeschnittenes Jackenkleid, das ihre Figur betonte. Mein Herz schlug mir bei diesem Anblick fast bis zum Hals, und ich sagte nach einer Weile ungeschminkt: „Du siehst wirklich toll aus."

Ich wäre beinahe in Versuchung geraten, ihr einen Kuss zu

geben. Doch ich ermahnte mich dabei, es nicht zu tun.

Im Vorübergehen zum Schlafzimmer zog ich meine Jeansjacke aus und warf sie auf einen Sessel im Wohnzimmer. Ich sah, wie Kirsten vor meiner Stereoanlage stand und eine CD in den Wechsler einlegte.

Im Schlafzimmer war ich ans Fenster herangetreten. Mein Gesicht brannte erneut. Ich lehnte die Stirn gegen das kühle Fensterglas und versuchte meine Gedanken von Kirsten zu wenden. Im Hintergrund hörte ich über die Standlautsprecher, die ich mir erst dieses Jahr gegönnt hatte und die Anlage vom Klang her stark aufwertete, einen englischsprachigen Titel. So sang ich leise mit dem Lied vor mich hin: „...These are the hands that'll touch you, these are the lips that'll kiss you..."

Ich schlüpfte aus meiner Jeans und legte mich für kurze Zeit auf das Bett, die Hände hinter dem Nacken verschränkt und war in Träume versunken. Und als ich meine Augen wieder öffnete, sah ich Kirsten neben mir auf dem Bett sitzen.

„He, nicht einschlafen", sagte sie. Die tiefblau glänzenden Augen fest und ruhig auf mich gerichtet, legte sie ihre Hand auf meine Brust und fuhr fort: „Wir sollten das Essen nicht kalt werden lassen. Oder hast du etwa keinen Hunger?"

Ich wollte ihr antworten, aber ich konnte nicht. Mir war, als hätte ich keine Stimme mehr. Ich fühlte wieder Hitze in mein Gesicht steigen, und ihre Hand auf meiner Brust wog schwer wie ein großer Stein, der mich auf dem Bett festhielt und lähmte. Mein Widerstand war ausgelöscht und mein Ich mit einer sanften Trägheit erfüllt. In dieser Sekunde wäre mir alles egal gewesen, doch Kirsten tat nichts. Sie schaute mich nur an.

Letztlich nahm sie ihre Hand wieder von mir und sagte: „In zehn Minuten hast du dich chic gemacht, okay?"

Sie war seit ein paar Minuten ins Wohnzimmer zurückgekehrt, als ich noch immer auf dem Bett lag. Ich war unfähig etwas anderes zu tun oder zu fühlen, was ihre Berührung in mir ausgelöscht hatte. Jetzt erst stand ich auf und öffnete den Kleiderschrank.

Beim Essen war Kirsten eher schweigsam, sie blickte immer wieder abwesend durchs Fenster. Ich hatte sie vom ersten Zeitpunkt an gemocht. Wäre nicht der Unfall gewesen, so wäre ich möglicherweise versucht gewesen, sie irgendwo auf der Straße anzusprechen, wenn sie mir begegnet wäre.

So ähnlich musste es sein, wenn sich Frauen in einen Mann verliebten oder umgekehrt. Ihre Art, mich einfach nur anzuschauen oder wie vor einer Stunde mich nur zu berührten, lösten Assoziationen in mir aus, die mich ebenso sehr beunruhigten wie erhitzten. Obwohl mir eine intimere Freundschaft zwischen uns noch immer unvorstellbar erschien.

Ich hatte eine feste moralische Einstellung zu solchen Dingen. Vor einigen Wochen hätte ich diese Möglichkeit noch weit von mir gewiesen. Doch jetzt war ich mir meiner Sache nicht mehr so sicher.

Seltsam, ich dachte immer, dass ich mich selbst genug kennen würde. Und ich war anfangs, als ich Kirsten kennenlernte, sogar noch der Meinung, die Freundschaft, die hier allmählich heranwuchs, auf normalem Wege absorbieren zu können. Bisher hatte ich noch keine Gelegenheit gehabt, mich ernsthaft zu bewähren.

Seit sie ihre Hand auf mich gelegt, mich nackt im Umkleideraum des Squash-Centers sah, wünschte ich mir nun, es würde sich alles wiederholen, sie würde die Hand abermals auf meine Brust legen oder mir einfach nur über das Gesicht streichen.

Wenn ich mit meinem Blick hinab zu ihren sinnlichen Lippen wanderte, erträumte ich mir diese mit meinen zu berühren und sie zu küssen.

„Du wolltest mir etwas erzählen?", fragte ich nach einer Weile. „Du machst mich neugierig, Kirsten. Was ist es?"

Kirsten legte das Besteck beiseite. Sie stützte die Ellenbogen auf den Tisch und legte ihr Kinn auf ihre ineinander verschlungenen Hände ab.

„Ach so", ihre Stimme wirkte ruhig, ihre Augen verschmitzt. „Der kleine Erfolg. Ich habe ein klein wenig gemogelt, denn es war nicht nur ein kleiner."

Sie erhob sich vom Stuhl. „Entschuldige mich bitte." Dann war sie Richtung Küche verschwunden.

Gemogelt? Ich begriff nicht ganz. Was hatte sie jetzt wohl vor? Als ich aufsah, war sie mit einer Flasche Champagner und zwei Gläsern aus der Küche zurückgekehrt. Mit einem leichten Knall geöffnet, goss sie den Schampus in die beiden Gläser ein und reichte mir eins davon.

„Wir sollten darauf anstoßen, dass ich heute meine erste eigen entworfene Kollektion für die nächste Saison an den Mann gebracht habe." Sie hob das Glas und hielt es mir zum Anstoßen entgegen.

„Ehrlich?" Ich sah sie noch ein wenig ungläubig an. „Märchenhaft. Hier sitze ich nun einer Modedesignerin gegenüber und bin über deren Erfolg erstaunt." Nach kurzer Pause fuhr ich fort: „Aber jetzt im Ernst, ich freue mich natürlich riesig für dich, Kirsten. Meinen Glückwunsch."

Wir nahmen beide einen Schluck. Dann stellte ich das Glas wieder auf dem Tisch ab, während Kirsten noch immer daran nippte und dabei regelmäßig durch das gesprenkelte Glas lugte. Sie sprach nicht, doch ihr verführerischer Blick traf mich bis ins Innere. Ich wusste nicht, ob es gewollt oder eher ungewollt war, und wir sahen einander an.

Zwischen uns lag eine Spannung, die die Luft zum Vibrieren brachte. Meine Haare stellten sich auf, der Bauch begann zu kribbeln und sich zusammenzuziehen. Mir wurde heiß und ich schloss die Augen. Das Kribbeln wanderte von meinem Bauch in all meine Körperteile.

Als ich meine Augen wieder öffnete, war Kirsten auf den Balkon hinausgegangen. In ihrer rechten Hand hielt sie das Glas Schampus.

Ich versuchte mich zu konzentrieren und an irgendetwas zu denken, aber mein Kopf war vollkommen leergefegt. Alles, was ich gewusst oder gedacht hatte, war dahin. Ich saß nur da und schaute zu ihr hinüber. Dann stand ich auf und folgte ihr.

Nun stand ich direkt neben ihr unter einem schimmernden Nachthimmel, von dem Sternschnuppen niedergingen. „Sieh nur dort", lächelte ich, „du darfst dir was wünschen."

Sie schloss ihre Augen. Als sie diese wieder kurze Zeit später öffnete, füllten sie sich mit einem unbeschreiblichen Glanz.

„Und, hast du dir was gewünscht?"

Sie nickte. „Ich hoffe nur, dass es in Erfüllung geht."

„Warum nicht? Du musst nur fest daran glauben."

Kirsten wandte sich mir zu und sah mir gerade in die Augen. „Ich glaube auch fest daran", hauchte sie und küsste mich auf den Mund. Sie hatte es bisher noch nicht getan. Ich sah ihre Augen dicht vor mir, und ich erkannte sie nicht wieder.

Mit einem Mal aber wandte sie sich hastig von mir ab und kehrte in die Wohnung zurück.

„Es tut mir leid", sagte sie beinahe tonlos, als ich ihr gefolgt war und nun direkt hinter ihr stand. „Ich weiß nicht, was über mich gekommen ist. Ich kann nur immer wieder sagen, dass es mir leid tut. Ich hätte das nicht tun dürfen." Als sie sich zu mir umdrehte, sah ich die Tränen in ihren Augen.

Irgendwie versuchte ich die Situation hier zu retten, vor Allem aber wollte ich etwas Ordnung in das Chaos meiner Gefühlwelt bringen. „Lust auf Kino? In der Spätvorstellung läuft noch ein guter Film."

Als ich dann wieder dieses unbeschreibliche Lächeln sah, wie ich es sonst von ihr kannte, war ich froh darüber, dass sie nicht Nein sagte.

Kapitel 3

Schmerzhafte Erinnerungen

Zwei Tage unterließ ich es mit Kirsten in Kontakt zu treten. Ein Verhalten, das ich mir selbst nicht so ganz erklären konnte.

Und als sie in dieser Zeit zweimal vor der Wohnungstür stand und klingelte, ließ ich sie draußen stehen.

Auch das Smartphone läutete mehrmals, ich ging jedoch nicht dran, genauso wie ich die Nachrichten ignorierte, die sie mir sandte. Selbst, wenn es etwas Dringliches gewesen wäre, es wäre mir schlichtweg egal gewesen. Ich zog es während dieser Zeit vor, über manches nachzudenken.

Mittwochabend. Ich lag zusammengerollt und in eine Wolldecke gehüllt auf der Couch und blickte auf die halb leergetrunkene Flasche Sahnewhiskey sowie das leere Glas daneben.

Wie aus weiter Entfernung vernahm ich das leise Vibrieren des Smartphones auf dem Wohnzimmertisch.

„Nein!", knurrte ich und rollte mich tiefer in die Decke ein. „Ich bin für Niemanden erreichbar."

Als es erneut vibrierte, winkte ich zuerst mit einer Handbewegung ab und dachte zufrieden, wie gut es doch war, eine Rufumleitung zur Mailbox zu haben.

Nachdem das Smartphone verstummte, läutete das schnurlose Telefon auf der Anrichte im Flur. Ich konnte nach dreimaligem Läuten hören, wie sich der Anrufbeantworter einschaltete und nach dem Pfeifton eine ältere Frauenstimme über den Lautsprecher meldete.

Zunächst erkannte ich sie nicht. Erst nach genauerem Hinhören wusste ich, wer am anderen Ende war und war sichtlich überrascht.

So warf ich hastig die Decke beiseite, schlüpfte mit dem rechten Fuß in einen Pantoffel und tänzelte mit dem anderen in der Hand zum Telefon hinüber. Mit der Fernbedienung in der Hand schaltete ich die Stereoanlage aus. Dann riss ich den Hörer auf: „Mutti?"

Obwohl ich ziemlich angetrunken war, versuchte ich dennoch einen klaren Gedanken zu fassen, denn der letzte Anruf von meiner Mutter lag bereits einige Monate zurück, und das war zu Ostern.

Das, was meine Mutter mir dann in den nächsten Minuten am Telefon sagte, raubte mir zuerst die Sprache. Und auf einmal überkam mich Übelkeit mit naher Bewusstlosigkeit.

Ich warf das Telefon auf die Anrichte, hielt mir die Hand vor den Mund und spürte, wie der Whiskey zurückkam. Blitzschnell war ich zum Badezimmer geeilt und warf die Tür laut gegen die Wand...

Das kühle Nass auf meinem Gesicht tat gut. Nur der Blick in den Spiegel verriet alles über den Schmerz, der mich soeben traf, und meine Augen waren leicht gerötet.

Ich legte das Handtuch, mit dem ich mir zuvor das Gesicht trocknete, beiseite und kehrte ins Wohnzimmer zurück. Meine Gedanken kreisten nur noch um das, was mir meine Mutter gesagt hatte, und der Schmerz wurde zunehmend größer.

„Wieso hast du mich nicht früher darüber informiert?", fragte ich, als ich das Telefon wieder aufnahm. „Auch wenn ich mich mit Vater nicht immer verstanden habe, ich hätte es trotzdem erfahren müssen. Wie lange hat er schon gelitten?"

Er wollte nicht, dass ich erfuhr, dass er vom Tod gezeichnet war. Wie Hohn klang das in meinen Ohren, als ich das Gespräch beendet hatte.

Ich vermochte es nicht, meiner Mutter am Telefon daher

Vorwürfe zu machen. Ihr Schmerz war schon groß genug. Aber weshalb rief sie mich nicht früher an, um mir zu sagen, dass Vater im Sterben lag? Wie lange hatte er sich schon herumgequält, bevor er erlöst wurde? Vier Wochen Krankenhausaufenthalt, ehe er eingeschlafen war, hatte Mutter gesagt. Krebs im Endstadium lautete die Diagnose.

Vater. Ja, Vater war gestorben, ohne dass ich es erfahren hatte. Und diese Nachricht vorhin am Telefon traf mich wie ein Schlag mitten ins Gesicht. Auch wenn es öfters zu Differenzen zwischen uns kam, war er doch immer noch mein Vater. Ich hätte wahrscheinlich von Vaters Tod durch eine Anzeige in der Zeitung erfahren, wenn Mutter nicht angerufen hätte.

„Diese Familie ist einfach zum kotzen!", schrie ich plötzlich und schlug mit der rechten Hand, zur Faust geballt, gegen die Wand. Erst jetzt konnte ich meiner Trauer Ausdruck verleihen und dicke Tränen rollten mir übers Gesicht.

Ich stand ein wenig abseits von der Trauergesellschaft und trennte mich erst davon, als der Pfarrer das Amen sprach und die wenigen Hinterbliebenen die üblichen drei Schaufeln Erde auf den Sarg warfen. Obwohl ich seine Tochter war, fühlte ich mich irgendwie ausgeschlossen.

Während ich mich einem älteren Teil des Friedhofs zuwandte, sah ich sie dort sehen, die Familie. Sabrina hatte sich sehr verändert, stand elegant gekleidet vor Vaters Grab, und die Farbe ihrer Kleidung verriet nichts davon, dass sie in Trauer war. Die Kinder Jörg, Bettina und Jens standen dicht neben ihr.

Die Tränen in ihren und Mutters Augen waren womöglich

die einzigen, die nicht gekünstelt waren. Wie scheinheilig, dachte ich und sah Bernd dort hinter Sabrina stehen.

Ich bemerkte, dass auch er mich jetzt gesehen hatte, obwohl ich weit abseitsstand. Meine Augen waren zu engen Schlitzen geworden. Wie er mich wieder ansah. Ein Schauer rieselte mir dabei über den Rücken. Nicht einmal auf dem Friedhof hielt er damit inne.

Erst als alle Angehörigen gegangen waren, ging ich noch einmal zum Grab meines Vaters hinüber. Ich stand bereits eine Weile davor, als Schritte hinter mir auf dem Kies knirschten.

„Hallo Lis", hörte ich eine Männerstimme. Als ich mich umdrehte, blickte ich in das Gesicht von Bernd. Vielleicht wäre es besser gewesen, wenn ich vorhin gegangen wäre, statt noch einmal an Vaters Grab zu gehen. Nun aber stand er da.

Er hatte mich begrüßt, als läge keine Zeit des Streites zwischen mir und der Familie. „Hallo Bernd."

„Gut siehst du aus", sagte er. „Wie immer natürlich. Es ist schön, dass du gekommen bist. Ich hatte allerdings nicht angenommen, dass…"

Ich ließ ihn nicht ausreden und schnitt ihm das Wort ab. „Auf welchen Mist von euch ist es wohl gewachsen, dass ich nichts davon erfahren sollte? Er war schließlich auch mein Vater. Es ist schade, aber ich muss dich enttäuschen, falls du angenommen hattest, dass ich nicht kommen würde. Das betrifft selbstverständlich auch Sabrina." Dann ergänzte ich: „Meinen Glückwunsch. Sabrina war richtig passend für eine Beerdigung angezogen. Gründlich aufgebrezelt. Auf welcher Modenschau wollte sie denn diesmal auftreten, wenn ich fragen darf? Und deine Krokodilstränen waren natürlich auch herzbewegend, Bernd. Ihr seid mir die wahren Heuchler. Aber ich nehme an, dass sich die Schauspielerei wohl gelohnt hat, wenn man bedenkt, wie hoch das zukünftige Erbe ausfallen könnte?"

Als ich gehen wollte, riss er mich am Arm zu sich herum und warf mir seinen üblichen eiskalten Blick zu. Mit der linken Hand mir drohend, sagte er: „Pass bloß auf, du kleines Biest!"

„Schlag ruhig!", zischte ich. „Es ist gewiss der passende Ort hierfür."

„Bernd, nicht!" Ich sah, wie Mutter von hinten an ihn herangetreten war und mit ihrer Hand die seine senkte. „Habt Ihr keinen Respekt vor den Toten? Warum könnt Ihr nicht heute einmal den Streit beilegen? Immerhin ist Walter gestorben."

Bernd Schäfer senkte die Hand und wandte sich zum Gehen. Bevor er aber ging, warf er mir einen warnenden Blick zu, der mich erschrecken ließ.

„Oh Lis", schluchzte Mutter, eine korpulente dunkelhaarige Frau von Anfang Sechzig. Ich nahm sie in meine Arme. „Wieso kann die Familie nicht wenigstens heute den Streit beilegen?"

Wie recht Mutter hatte. Selbst an einem Ort wie diesem hier musste die Fehde zwischen den Familienangehörigen weitergehen. Schmerz erfüllte mich bei diesem Gedanken.

„Es tut mir so leid", sagte ich, wusste aber, wie bedeutungslos diese Worte jetzt klangen.

Es war bereits Mitternacht vorbei, als ich schweißgebadet aus dem Schlaf hochschreckte. Ich dachte an den Alptraum, den ich gerade durchlebte.

Ich sah, wie Bernd nachts in meine Wohnung eingedrungen war, vor meinem Bett stand, breit grinsend und betrunken. Ehe jedoch Weiteres geschah, konnte ich mich aus dem Schlaf und Traum befreien. Nun saß ich aufrecht im Bett, und mein Herz klopfte wie wild.

Das Mondlicht, das trotz der Lamellenjalousie durch das Fenster drang, ließ mich nicht mehr einschlafen. Ich konnte auch nicht, so sehr ich es auch wollte.

Ich suchte nach meinen Pantoffeln, schlüpfte hinein und ging mit zittrigen Beinen zum Fenster. Nachdem ich die Jalousie hochzog, öffnete ich es und blickte nach draußen. Direkt beim Fenster stand ein Ohrensessel, in den ich mich daraufhin fallenließ. Alles kreiste um den Tod von Vater und das Verhältnis zu meiner Familie. Es tat weh, zurück auf die Trümmer der Vergangenheit zu blicken.

Ich erhob mich wieder vom Sessel und ging hinüber zur Küche, um mir einen Kakao aus dem Kühlschrank zu holen. Auf dem Weg dorthin schrillte das Telefon auf der Anrichte. Um diese Uhrzeit? Die Uhr zeigte Viertel nach Zwei. Wer konnte das jetzt noch sein?

Als ich das Mobilteil aufnahm, bekam ich nach meinem „Hallo" keine Antwort. Ich wartete noch einen Moment, und erst, als ich „Arschloch! Dann eben nicht" in den Hörer brüllte, wurde am anderen Ende der Leitung wieder aufgelegt.

Es klingelte erneut, aber ich unterließ es das Gespräch abermals entgegenzunehmen. Vielmehr riss ich den Stecker aus der Wandbuchse und kehrte mit meiner Tasse Kakao in der Hand ins Schlafzimmer zurück. Dort setzte ich mich abermals eine Zeit lang in den Sessel, nippte an der Tasse und blickte nach draußen.

Irgendwann war ich es schließlich leid gewesen, denn ich wusste, dass es wieder eine dieser Nächte war, in der ich abermals keinen Schlaf fand. So erhob ich mich und schlüpfte in meinen Jogginganzug. Bevor ich die Wohnung verließ, streifte ich noch meine Jeansjacke über.

Als ich nun draußen auf der Straße stand und die Haustür hinter mir leise ins Schloss fiel, entdeckte ich, dass ich meinen Schlüsselbund in der Wohnung zurückgelassen hatte. Er lag wohl noch auf der Anrichte im Flur, ebenso wie das Smartphone auf dem Wohnzimmertisch.

„Na prima", murmelte ich leise vor mich hin und trat unter die Hausnummernbeleuchtung, die daraufhin automatisch ausging. Was sollte ich nun die nächste Zeit machen? Die noch verbleibende Nacht zum Freitag hin auf der Straße verbringen? Es war erst halb Drei. Dieser Urlaub war wirklich gelungen.

In der Straße war es mit einem Mal totenstill. Das Miauen einer Katze ließ mich zusammenfahren, und ich zog den Kragen meiner Jacke bis über die Ohren. Mich fröstelte ein wenig.

Nun schlenderte ich auf der anderen Seite die Straße hinauf, bis ich die Siebzehn erreichte.

Als ich gerade auf der Höhe des Eingangsbereiches war, gingen wenig später die Treppenhausbeleuchtung und die Laterne über der Haustür an.

Ich machte einen Schritt neben eine Hecke, hinter der ich mich leicht verbergen konnte. Dann ging die Tür auf. Heraus

48

kam der junge Mann, den ich mit Kirsten im Squash-Center gesehen hatte. Ich sah, wie er auf einen roten Sportwagen zuging, der vorm Haus abgestellt war, einstieg und losfahren wollte. Mir entging ebenfalls nicht, wie er durch das jetzt heruntergelassene Fenster einen Blick hinauf zu Kirstens Wohnung warf und winkte.

In dieser Nacht schien wirklich alles zu klappen, dachte ich und ging kapitulierend zu meinem Cabriolet zurück, das ein Stück weiter abgestellt war. Ein Blick hinauf zu Kirstens Wohnung ließ noch ein Licht erkennen, das aber schon bald gelöscht wurde.

Augenblicklich war auch das letzte Gebäude in der Straße verdunkelt. Und ich? Ich stand hier verloren und mit einem tiefen Seufzer auf der Straße und wusste nicht, wie und wo ich die nächsten Stunden verbringen würde.

Vor Schreck stand ich wie angewurzelt da, als ich Schritte hinter mir auf dem Pflaster hörte. „Na, du konntest wohl wieder nicht schlafen?"

Als ich mich umdrehte, atmete ich erleichtert auf. Der Anblick von Kirsten ließ mein Herz Purzelbäume schlagen. „Ja, könnte man so sehen. Ich beneide jeden, der einen gesünderen Schlaf hat als ich. Überdies gehört Vergesslichkeit bestraft. Aber was treibt dich um diese Uhrzeit noch nach draußen?"

„Ich?" Sie sah mich kurz an. „Eben ist Michael erst nach Hause gefahren. Es war ein langer Abend. Aber du weißt ja aus eigener Erfahrung, wie so etwas ist. Wenn einmal die Müdigkeit übergangen ist, hilft auch keine Schafe zählen mehr."

„Michael? Ach der junge Mann, der eben mit dem Sportwawagen weggefahren ist?" Da war sie wieder, meine Eifersucht. Ich versuchte sie zu überspielen. Das Schlimme daran war, dass ich sie nicht wollte. Aber sie war einfach da, und ich konnte daran nichts ändern. Ich hoffte nur, dass sie meinen spitzen Unterton, der obendrein in meiner Stimme lag, nicht bemerkte. Es überkam mich auf einmal der Wunsch sie einfach stehenzulassen.

Doch ich biss mir auf die Unterlippe. Einerseits war da das Verlangen, diese Frau, die vor mir stand, einfach in die Arme zu nehmen und zu küssen. Im Gegenzug waren da aber die Hemmungen, die mich zurückhielten, weil ich nicht wusste, wie sie solchen Dingen gegenüberstand.

Sodann erinnerte ich mich wieder an den Moment, als sie mich auf dem Balkon bei Mondschein bedenkenlos küsste.

Ich wandte mich von ihr ab und blickte auf meinen Wagen hinab, der unter einer Laterne stand.

„Ja, Michael. Er ist mein Bruder, ich kann dich beruhigen", sagte Kirsten und griff nach meiner rechten Hand. Dann drehte sie mich zu sich um, um mir geradewegs in die Augen zu schauen. „Bitte unterbreche mich, wenn ich jetzt etwas behaupten sollte, was eventuell nicht stimmt, in Ordnung? Ich meine, ich habe so das Gefühl, dass da eine gewisse Eifersucht in deiner Stimme mitschwingt. Kann das sein?"

„Eifersucht?" Ich wusste es. Wusste, dass es ihr aufgefallen war. Ein Desaster, schoss es mir durch den Kopf. Unvorstellbar! Mir war, als würde sich der Boden unter mir auftun, und ich würde ins Leere fallen. Und es war nicht abzusehen, wann ich aufschlagen würde.

„Ich verstehe nicht ganz", log ich und tat so, als hätte ich von alledem keine Ahnung.

„Sicher verstehst du", sprach sie so leise, dass ich sie kaum verstehen konnte. „Es ist richtig süß, wenn du rot wirst. Ich habe noch nie eine Frau in meiner Gegenwart rot werden sehen. Was außerdem meintest du eben mit Vergesslichkeit?"

„Schlüsselbund und Smartphone", stotterte ich und erfasste, wie sie sich vorbeugte. Ich fühlte noch immer ihre Hand um meine. „Beides liegt in meiner Wohnung."

„Eventuell bereue ich es eines Tages, was ich hier tue", flüsterte sie, und jetzt streichelten ihre Finger leicht über meine Wange. „Denn leider habe ich noch keine Erfahrung damit wie es ist zwischen zwei Frauen."

„Ich….", ich brach ab.

„Jetzt nicht", sie schloss ihre Augen. Und nun war ich es, die ihren Kuss erwiderte. Sie schmeckte so verdammt gut. Mein Herz klopfte wie wild und mein Puls raste. Alles in mir war wie leergefegt, als ich mich von ihr löste.

„Wo willst du jetzt schlafen?", wollte sie wissen. „Wenn es dir nichts ausmacht, könntest du bei mir eine Bleibe finden."

Ich hatte meine Jeansjacke an der Garderobe aufgehangen, ging ins Wohnzimmer und hatte es mir auf dem Ecksofa bequem gemacht.

Kirsten stand mit verschränkten Armen in der Tür an den Rahmen angelehnt und lächelte zu mir hinüber. Sie war nur mit einem Slip bekleidet. Ich schluckte bei diesem Anblick den Kloß in meinem Hals hinunter. Mein Bauch kribbelte, die Nackenhaare stellten sich auf und eine Sehnsucht breitete sich in mir aus. Ich bemerkte, wie die Hitze in meinen Kopf stieg.

„Willst du den Rest der Nacht hier im Wohnzimmer auf dem Sofa verbringen?" Ihre Mundwinkel zuckten.

Ich dachte kurz nach, erhob mich dann vom Sofa und trat vor sie. Wie sie so vor mir stand, überkam mich der Wunsch, sie an mich zu ziehen und zu küssen. Ohne weiter nachzudenken, beugte ich mich vor und küsste sie zärtlich und leidenschaftlich. Mein Gesicht wurde dabei wieder feuerrot. Und nachdem ich von ihr abließ, hatte auch sie intensiv an Farbe gewonnen.

Als ich sah, dass ihre Augen vor lauter Liebe zu mir glänzten, zuckte ich zurück, wie wenn sie mir einen Schlag versetzt hätte. Dies allein war mein Werk. Ein unstillbares Verlangen schien zwischen uns entbrannt zu sein; ich verzehrte mich nach ihr.

Sie griff nach meiner Hand, und ich folgte ihr wortlos ins Schlafzimmer. Was immer sie jetzt auch vorhatte, ich würde mich sicher nicht dagegen wehren...

Ich erwachte am späten Vormittag. Als ich mühsam die Augen aufschlug, erfasste ich, dass Kirsten neben mir lag. Es handelte sich keineswegs um ein Wunschbild, Realität umgab mich.

Ein Blick auf meine Armbanduhr am Boden verriet, dass es schon lange Acht vorbei war. Heute war Freitag, und ich wunderte mich schon ein wenig, dass Kirsten noch nicht aufgestanden war. Ob sie heute nicht ins Atelier musste?

Überall im Raum verteilt lagen Kleidungsstücke. Ich griff nach dem Slip, der neben dem Bett am Boden lag und schlüpfte hinein. Ehe ich aufstand, griff ich noch nach dem Shirt, das am

Bettende auf der Decke lag und zog es über den Kopf. Danach tippelte ich zum Fenster hinüber. Es war wolkig und nur gelegentlich drangen Sonnenstrahlen durch die Wolken hindurch.

Ich machte einen Schritt zurück und lehnte mich mit dem Rücken gegen die Wand beim Fenster. Knall auf Fall fiel mir auf, dass ich mein Shirt falsch angezogen hatte. Ich trug es auf links. Also zog ich es aus und wollte es richtig herum anziehen. Wie Gott mich erschaffen hatte, so stand ich im Slip da und wollte genau dies gerade tun.

Aber dazu kam ich nicht mehr.

Ich beobachtete, wie Kirsten ihre Augen aufschlug und mich anstarrte. Das Einzige, was mir spontan dazu einfiel, war, mein Shirt mit beiden Händen zusammenzuknüllen und dämlich zu grinsen.

Ich erlebte, wie sich ihr Blick förmlich in meinen bloßen Oberkörper bohrte. Sie griente mich an. „Guten Morgen. Werde ich jetzt jeden Morgen mit einem solch bildschönen Anblick geweckt?"

Ich ging langsam zum Bett hinüber, setzte mich auf die Bettkante und nahm ihre Hand. Das Shirt hatte ich auf den Boden fallen lassen.

„Hallo. Gut geschlafen?"

Die Bettdecke war hinuntergerutscht und entblößte Kirstens Schultern und wohlgeformten Brüste. Diese Frau war so wunderschön. Ihre Augen glänzten annähernd wie Juwelen. Und auf ihrem Gesicht lag wieder dieses bezaubernde Lächeln, von dem ich mich von Anfang an so magisch angezogen fühlte.

„Ich liebe dich", sagte sie plötzlich. „Ich war schon in dich verliebt, als ich dich das erste Mal sah. Nur habe ich es immer von mir geworfen, denn ich hatte Angst vor meinen eigenen Gefühlen."

Als ich ihren glücklichen Gesichtsausdruck sah, wusste ich, dass es die Wahrheit war.

Kapitel 4

Es fühlt sich durchweg richtig an

Annähernd eine Stunde musste ich noch warten, bis der Schlüsseldienst eintraf. Interessiert beobachtete ich sein Vorgehen und dachte für mich, dass es so auch bei Einbrechern funktionierte, die in eine Wohnung eindrangen, um sich an fremdem Eigentum zu bereichern. Beeindruckend, wie rasch der Mann seine Arbeit erledigte.

Wir sprachen vielleicht einige Minuten miteinander, und bevor das letzte Wort fiel, knackte es und die Tür schob sich ein paar Zentimeter nach innen. Ich war erleichtert darüber, meine Wohnung wieder betreten zu können.

„Vielen Dank", sagte ich und unterschrieb den Auftrag, den ich der Firma, bei der der bereits graumelierte Mann beschäftigt war, erteilt hatte. Er reichte mir eine Durchschrift und nickte mir, nachdem er das Original zusammen mit dem Werkzeug im Koffer verstaute, freundlich zu.

„Auf Wiedersehen", lachte er. „Sperren Sie sich ruhig mal wieder aus. Ich bin sofort zur Stelle." Mit diesen Worten sowie einem festen Händedruck schlenderte er die Treppe hinab.

„Das glaube ich sofort", ich verzog keine Miene. „Ist ja sein Geschäft. Mir kam meine Vergesslichkeit teuer zu stehen."

Unten im Hausflur vernahm ich Kirstens Stimme, wie sie dem Handwerker ein höfliches ‚Guten Morgen' zuwarf. Dann hallten ihre Schritte auf dem Steinboden durchs Treppenhaus.

Je näher Kirsten kam, desto größer wurde die Freude. Ich war so verliebt in diese Frau. Das, was ich in der vergangenen Nacht zusammen mit ihr erleben durfte, war unbeschreiblich schön. „Du bist ja richtig außer Atem", lästerte ich, als sie die letzte Stufe nahm. „Haben dich die vergangenen Stunden mit mir so mitgenommen?"

Nun stand sie vor mir. Sie zog mich lächelnd zu sich heran, so dass ein Kuss unausweichlich schien. Als unsere Nasenspitzen sich schon fast berührten, fühlte sich mit diesem leidenschaftlichen Kuss alles richtig an. Ihre Nähe löste bei mir ein starkes Gefühl der Geborgenheit aus. Wir küssten uns erneut wie frisch verliebte Teenager. Ein Teil davon stimmte ja schließlich. Frisch verliebt waren wir, aber Teenager? Aus diesem Alter waren wir zweifellos schon lange draußen.

„Willst du jetzt die ganze Zeit über mit mir hier draußen stehen bleiben?", neckte mich Kirsten und stupste mit ihrem Finger an meine Nasenspitze. Sie nahm meine Hände und neigte sich zu mir.

Kurz bevor sie meine Lippen wieder berühren konnte, gab die Wohnungstür, an die ich leicht angelehnt stand, nach und ich stolperte rückwärts in die Wohnung.

„Gewiefte Taktik. Früher war ich nicht so leicht rumzubekommen. Aber seit ich dich kenne, hat sich mein Leben mit einem Mal komplett umgekrempelt."

Sie stieß die Türe mit dem Fuß zu und zog mich an sich. Ihre Lippen waren angenehm weich. Zärtlich ertastete Kirsten mit ihrer Zunge genau die Punkte, deren Berührungen wohltuende Schauer durch meinen Körper strömen ließen. Sie liebte so gut wie sie küsste. Ich sehnte mich mit jeder Sekunde nach ihrem Körper, um ihn besser kennenzulernen.

Dass ich all das über Bord warf, was mir einstmals an Moralvorstellungen so wichtig war, hätte ich mir zu keiner Zeit vorstellen können. Offenbar hatte ich sie sogar schon lange über Bord geworfen und nun endlich meinen geheimen Wünschen die Erlaubnis erteilt, tief aus meiner Seele heraus nun endlich Klarheit zu erfahren.

Kirsten atmete schwer. „Du bist wunderschön", sagte sie.

Wir küssten uns leidenschaftlich, liebkosten uns. Sie drückte mich mit dem Rücken gegen die glatte Wand. Dann ließ sie ihre Hände über meinen Körper gleiten, streichelte meine Brüste und beugte sich zu ihnen hinunter. Ich schloss die Augen und ließ mich vom Zauber des Augenblicks mitreißen.

Dass sich etwas so verdammt gut anfühlen konnte. Kirsten küsste meine Halsbeuge. Schauernd neigte ich meinen Kopf zur Seite und verspürte nun statt ihrer Lippen ihre Zunge an meinem Hals. Sie schob ihre Hand zwischen meine Beine und ich bog meinen Rücken gerade durch.

Was machte diese Frau mit mir? Ich erlebte hier Dinge, die ich mir niemals zuvor hätte vorstellen können. Heiß durchströmte es mich, als sie meine intimste Stelle streichelte. Für mich tat sich eine absolut neue Welt auf, die ich nicht mehr missen wollte. Es war einfach großartig.

„Wo war nochmal dein Schlafzimmer?", hauchte mir Kirsten ins Ohr und schob mich weiter liebkosend durch die Wohnung, bis wir das Schlafzimmer erreichten. „Ich kann nicht genug von dir bekommen."

Obwohl es mir ungeheuer schwerfiel meine Finger von ihr zu lassen, ertastete ich die Türklinke und drückte sie herunter.

Sie dirigierte mich hungrig küssend zum Bett. Ich zuckte kurz zusammen, als sie ihre Hand unter mein Shirt schob und meine nackte Haut berührte. Es war ein Gefühl wie bei einem Stromschlag, aber es war alles andere als unangenehm. Ihr Mund wanderte zu meinem Ohr. „Es ist so schön mit dir zusammen zu sein. Ich fühle mich angekommen, so als hätte ich jahrelang nach etwas gesucht und nicht gefunden. Dann stehst du plötzlich vor mir, und ich hätte niemals gedacht, dass Liebe zwischen zwei Frauen so wunderschön sein kann. Ich möchte, dass dies alles niemals endet."

Schläfrig lag ich dicht an sie gekuschelt da, genoss ihre sogar im Schlaf feste Umarmung. Ich bewegte mich nicht, wollte sie nicht wecken und dieses Gefühl so lange wie möglich genießen. Eine völlige Entspannung hatte Besitz von mir ergriffen, und ich fühlte mich warm und geborgen. Und ich Dussel hätte beinahe alles zerschossen. Nur weil ich aus dieser beginnenden Freundschaft, wie ich dachte, dass sie das wäre, ausbrechen wollte. Dabei war es schon lange Liebe gewesen.

Kirsten bewegte sich, öffnete leicht ihre Augen und zog mich enger an sich heran. Sie begann an meinem Ohrläppchen zu knabbern. „Hallo schöne Frau", grüßte sie mich leise.

Das äußerst penetrante Klingeln des Telefons riss uns abrupt aus unserer Idylle der Zweisamkeit. Bereits als es klingelte, wusste ich, es wäre ein Fehler dranzugehen. Deshalb beeilte ich mich auch nicht das Gespräch anzunehmen, obwohl das schnurlose Telefon direkt neben mir auf dem Beistelltisch auf einer weiteren Ladestation lag. Nach mehrmaligem Läuten nahm ich dann doch ab, aber nur, weil Kirsten mich mit einem fast boshaften Blick dazu nötigte.

Mein Lächeln erlosch wie das Leuchten in meinen Augen. Zuerst klang es so, als wäre wie sonst zuvor auch niemand am anderen Ende. Die Stille aber wirkte so bedrückend, dass das eigentlich nicht sein konnte.

Nachdem ich eine Weile intensiv gelauscht hatte, glaubte ich ein schwaches Atmen und dann so etwas wie eine nuschelnde Männerstimme zu hören. Worte konnte ich zuerst nicht verstehen, aber ich bekam eine Vorstellung von ihnen. Es war ziemlich leise, dann wurde die Stimme deutlicher, die sagte: „Hallo Lis, Ich bin ein äußerst schlechter Traum, den du nicht mehr loswerden wirst."

Möglich, dass ich das Telefonat noch beendete, ehe mir der Hörer aus der Hand fiel. Ich war völlig verstört. Wer war das? Was war das für eine Aussage? Die Stimme am Apparat konnte ich nicht zuordnen. Ich spürte, wie ich anfing unregelmäßig zu atmen und am ganzen Körper zitterte.

Kirsten nahm mich rasch in die Arme und sah mir unverwandt in die Augen, als erwarte sie etwas von mir. Dann fragte sie: „Was war das? Du bist ja ganz fertig."

„Seit Wochen bekomme ich eigenartige Anrufe", schluchzte ich. „Der Anruf kommt als Anonym rein. Zu den unmöglichsten Zeiten, auch mitten in der Nacht. Nehme ich ihn entgegen, wird, ohne etwas zu sagen, einfach wieder aufgelegt. Seit heute nun weiß ich, dass es ein Mann ist."

Ich lehnte meinen Kopf an ihre Schulter und fing laut an zu weinen. „Deshalb war ich auch so oft nachts unterwegs. Einer der Gründe, weswegen ich nicht schlafen konnte."

„Oh Süße." Kirsten versuchte mich durch Küsse zu trösten. Sie küsste meine Tränen von den Lidrändern, den Wangen und streichelte mich. „Bitte weine nicht. Ich bin jetzt da. Wer dich auch bedroht, es wird ihm nicht gelingen, was immer er auch vorhaben mag, ich werde es mit zu verhindern wissen."

Der Tag hatte schreckensvoll angefangen mit diesem Anruf, und jetzt zog zu allem Übel auch noch über uns ein Sommergewitter hinweg. Früh am Morgen grelle Blitze draußen, gefolgt von langanhaltenden Donnerschlägen, und der Regen prasselte laut gegen die Fensterscheibe. Zehn Minuten später war der Spuk vorbei, das Gewitter war weitergezogen. Die Sonne kam endlich hinter den Wolken hervor.

Ich öffnete das Fenster, die Vögel sangen wieder, und im Westen zeigte sich ein wunderschöner Doppelregenbogen am Himmel. In der Ferne gewitterte es noch leise, während der Himmel von der anderen Seite her immer weiter aufklarte. Es würde einen wunderschönen Sommertag geben.

Kirsten war von hinten an mich herangetreten und reichte mir einen Becher Kaffee, den ich gleich an meine Lippen führte.

Ich merkte, wie ihre Lippen immer näher an meinen Hals kamen. Bevor sie ihn küssen konnte, drehte ich meinen Kopf zur Seite und wir sahen einander an. Unsere Lippen trafen sich zu einem atemberaubenden Kuss, der mit einem Schlag alles um uns herum auslöschte.

„Was unternehmen wir heute noch Schönes?", wollte Kirsten wissen, als ich meine Augen nach einigen Sekunden wieder öffnete und wir unsere Lippen voneinander lösten.

„Was hältst du davon an den See im Wald zu fahren? Wir könnten schwimmen gehen", entwich es mir spontan. Ja, ich verspürte plötzlich richtige Lust dazu dies zu tun. Alleine wäre ich niemals auf die Idee gekommen, so etwas zu unternehmen.

Aber nun war dies anders. Ich hatte einen Grund dorthin zu fahren, denn ich war künftig nicht mehr alleine.

Mein Grund stand direkt neben mir: Kirsten. In ihr schien ich meine große Liebe gefunden zu haben. Es war erstaunlich, was die Gefühlswelt in einem Menschen auslösen konnte, vor Allem, wenn es unverhofft kam. Mit Kirsten stand alles Kopf. Und mir ging es wie ihr. Um Nichts in der Welt wollte ich dies alles mehr missen.

Ich überlegte, was wir noch alles brauchten, um mich auf einen schönen Badetag mit einer atemberaubenden Frau vorzubereiten. So holte ich eine Badedecke, Handtuch, Sonnencreme und ein gutes Buch zum Lesen. Ob ich jedoch dort zum Lesen kommen würde, das war eher sehr fraglich.

Es dauerte einige Minuten, bis ich alles an der richtigen Stelle verstaut hatte. Belegte Brötchen, Obst und Mineralwasser legte ich auch noch in den Korb. Ich ging zur Wohnungstür und fasste an die Klinke. Hatte ich auch ja nichts vergessen?

Ins Cabrio gestiegen, wartete ich auf Kirsten, die jeden Augenblick aus der Siebzehn herauskommen musste, und schob die Sonnenbrille auf den Kopf hoch.

Mir verschlug es um ein Haar die Sprache, als Kirsten aus der Tür trat. Sie trug ein knappes, weißes T-Shirt, das vor dem Bauch zusammengeknotet war und ihren süßen Bauchnabel frei ließ. Dazu eine bleached Jeans, deren Beine abgetrennt waren und verteufelt eng saß. Ihre langen Beine endeten in weißen Sneakers, und um ihre rechte Fessel trug sie eine dünne Goldkette.

Diese Frau zog mich immer wieder aufs Neue erotisch an. Ihr längeres Haar, das normalerweise locker auf die Schultern fiel, hatte sie zu einem Pferdeschwanz zusammengebunden. Auf ihrem Nasenrücken saß die moderne Variante einer Nickelbrille aus Spiegelreflexglas.

Kirsten lachte nur, als sie zu mir ins Auto stieg und meinen offenstehenden Mund sah. Sie schob ihren linken Zeigefinger unter mein Kinn und drückte es nach oben. Dann beugte sie sich kurz zu mir hinüber und drückte mir einen Kuss auf den Mund. „Lass uns fahren, bevor wir gar nicht mehr wegkommen", belustigte sie sich. „Und vergiss nicht den Gang einzulegen, wenn du losfahren willst."

Was für ein kleines Miststück, dachte ich und warf ihr einen leicht strafenden Blick zu.

Die Fahrt dauerte etwas über eine Stunde. Über einen befestigten Weg gelangten wir dann an einen kleinen Wiesenparkplatz, der direkt beim See lag. Ich stellte den Motor ab.

Stille, nichts als Stille umgab uns. Kein Auto und keine Spaziergänger weit und breit. Dort angekommen zeigte sich der See von seiner besten Seite. Die Sonne spiegelte sich sanft vor uns im ruhigen Wasser. Um uns herum hämmerte in den Bäumen ein Heer von Spechten im Takt, und das leise Rauschen

des Windes ließ einen die Sorgen und den Stress des Alltags sofort vergessen. Die folgenden Stunden konnten jetzt nur noch schön werden.

Kirsten lag bereits auf ihrem Handtuch. Ich war noch einmal zum Cabrio zurückgekehrt, weil ich mein Buch vergessen hatte. Das hier war alles kein Traum, was ich erlebte, und wenn, dann ein wahr gewordener. Der Weg vom Auto zu ihr betrugen etwa zwanzig Meter. Ich war gespannt, ob ich überhaupt dazu kam mein Buch zu lesen.

Sie lächelte zu mir auf, als ich zurückkehrte und bedeckte dabei mit einer Hand ihre Augen, um nicht von der Sonne geblendet zu werden.

Ich breitete mein Handtuch neben ihr aus und beobachtete sie dabei, wie sie sich wieder entspannte und der Sonne entgegenlächelte. Sie hatte einen schwarzen Triangel-Bikini mit modischer Strick-Optik an und ihre gebräunte Haut kam dadurch gut zur Geltung.

Wir lagen etwa fünf Minuten, als sie mich bat ihren Rücken einzucremen, da sie sich gern auf den Bauch gelegt hätte. Dankerfüllt nahm ich diese Einladung an und griff zur Sonnencreme im Korb, der neben mir im Gras stand. Das Buch hatte ich indessen neben den Korb gelegt. Ich ließ großzügig Creme in die Hand fließen und begann sie auf ihrem Rücken zu verteilen.

„Es ist sicher angenehmer, wenn du dich auf meinen Po setzt", sagte sie. Das ließ ich mir natürlich nicht zweimal sagen und machte es mir auf ihrem wohlproportionierten Hinterteil bequem. Meine Hände begannen sanft die Sonnencreme auf ihrer Haut aufzutragen. In kreisenden Bewegungen verteilte ich sie langsam auf ihre Schultern und dem Nacken. Dazu strich ich ihre Strähnen aus ihrem Nacken. Alle Zeit der Welt ließ ich mir dabei.

Aber auch sie schien keine Eile zu haben, dass ich bald damit fertig werden sollte. Stattdessen seufzte sie leise in sich hinein.

Es bereitete mir Freude und dachte gar nicht daran abzubrechen. Ihr schien es ebenfalls zu gefallen; ihren Kopf seitlich nicht mehr aufgelegt, stützte sie ihn nun mit der Stirn. Mit noch etwas Creme in den Handflächen wandte ich mich ihrem unteren Rücken zu. Von den Schulterblättern wanderte ich ganz langsam immer weiter nach unten, erreichte ihre Taille und massierte sie sanft.

Ich schloss die Augen, um mehr in meinen Fingern zu spüren. Kirsten atmete schwer und ich spürte, wie sich das Becken leicht hob. Die Pofalte wollte ich mir bis zum Schluss aufheben. Ich gab ihr am Ende dieser wundervollen Erfahrung einen leichten Klaps auf die rechte Pobacke.

„Ich bin fertig", frohlockte ich und legte mich neben sie auf mein Handtuch.

Auf dem Bauch liegend blinzelte ich in ihre Richtung. Auch sie hatte ihren Kopf wieder seitlich abgelegt und schaute mich an. Sie sprach kein Wort. Sie schaute mich einfach nur an mit leicht geöffnetem Mund, und ich nahm zwischen den Lippen ein deutlich erregtes Atmen wahr.

Nach einer Weile bestand sie darauf, dass sie nun an der Reihe sei mich einzucremen. Schon früher hatten mich Frauen eingecremt, aber niemals zuvor mit einer solchen Hingabe, wie ich es sicher gleich hier erfahren würde.

Kirsten nahm die Sonnencreme und setzte sich auf meinen Po. Der nahm sofort ihre Wärme an, und sie begann mit der Massage. „Entspann dich", flüsterte sie mir dabei ins Ohr. Ihre Haare kitzelten meine Wange und ich kniff die Augen zusammen. Sie richtete sich wieder auf und das, was nun folgte, fühlte sich an wie der Himmel auf Erden. Ich gab mich ihr ganz und gar hin und breitete die Arme dabei etwas aus. Es gab keine Worte dafür zu beschreiben, was ich hier erleben durfte. Ihre Berührungen waren die wahre Wohltat für meine Seele und ich lebte in diesem Augenblick. Sie verstand etwas von dem was sie tat. Behutsam und zart glitt sie von einer Seite zur anderen, die Worte „Bitte hör nicht auf damit" bestimmten mein Denken. Und schließlich öffnete auch ich leicht meinen Mund und ein zaghaftes Stöhnen verließ meinen Körper.

Wir ließen uns von der Sonne braten. Irgendwann wurde es mir aber zu warm und zu langweilig. Ich war schon früher nicht unbedingt der Typ, der sich endlos in der Sonne aalen konnte. Als stundenlange Sonnenanbeterin hätte ich keinen Preis gewinnen können. Und wenn ich so meine Kolleginnen im Büro betrachtete, fragte ich mich immer wieder, was sie den Palm-Beach-Stränden mit All-Inclusive abgewinnen konnten. Sie sparten das ganze Jahr über alles von ihrem Einkommen ab, um sich dann für mehr oder weniger als zwei Wochen im kommenden Sommer auf irgendeiner Karibikinsel die Haut zu bräunen und abends Cocktails an der Strandbar zu schlürfen.

Für mich war es jetzt um. Ich stöhnte leicht auf und sagte ihr, dass es mir zu heiß sei. Sie drehte mir den Kopf zu und fragte mich, ob wir uns im Wasser abkühlen sollten.

Kirsten stand auf, griff nach meiner Hand und zog mich nach oben. Langsam gingen wir ins Wasser und testeten als Erstes mit den Zehen vorsichtig die Temperatur. Anfangs war es kalt, aber kurz darauf gewöhnte ich mich an das kühle Nass und freute mich auf eine Abkühlung.

Ich war die Erste, die sich traute ganz unterzutauchen und schwamm einige Meter unter Wasser. Ich tauchte wieder auf. Es war wirklich herrlich hier. Die Entscheidung an den See zu fahren, war genau richtig. Etwa drei Meter war Kirsten von mir entfernt, sie tat es mir gleich. Sie tauchte kurz unter, bevor sie einen Meter vor mir auftauchte. Im selben Augenblick ließ sie ihre Hände nach vorn schießen und spritzte mich nass.

Ich tauchte wieder unter und schwamm ein paar Meter. Als ich erneut mit dem Kopf über Wasser war, war Kirsten verschwunden. Eine halbe Minute lang tauchte sie nicht wieder auf. Ich begann mir Sorgen zu machen.

Unerwartet durchstieß sie die Wasseroberfläche knapp vor mir und unsere Gesichter waren nur eine Handbreit voneinander entfernt. Ein langer und intensiver Blick folgte. Er wollte einfach nicht enden. Ich wartete nun darauf, was passieren würde. Sie umschloss mit einem ihrer Arme meine Taille, mit dem anderen meinen Hals und zog mich zu sich heran.

Sinnliche Lippen pressten sich auf meine und eine Explosion der Sinne eröffnete sich mir. Meine Knie ganz weich, so hatte ich das Gefühl, dass ich zu schweben anfing. Atemberaubende Gefühle und Augenblicke, und so fragte ich mich, wie ich bis jetzt nur ohne sie auskam.

„Kommenden Samstag bin ich zu einer Veranstaltung mit namhaften Modedesignern eingeladen", flüsterte sie mir ins Ohr. „Es wird neben meinen Kollegen auch mein Boss dort sein. Ich bitte dich, mich dorthin zu begleiten."

Kapitel 5

Nicht nur eine Verliebtheitsphase?

Nun stand ich schon eine geschlagene Stunde vor dem Kleiderschrank und wusste nicht was ich anziehen sollte. Kirsten hatte mir gesagt, dass es sich um eine geschäftliche Veranstaltung handelte. Weitere Infos hatte ich nicht. Punkt.

War diese Nummer nicht eigentlich viel zu groß für mich?

Wir kannten uns schließlich erst seit ein paar Tagen. Ich war natürlich gänzlich beeindruckt, dass sie ihre erste Kollektion - wie sagte sie noch so schön - an den Mann gebracht hatte. Zudem schmeichelte es mir, dass sie mich mit dorthin nehmen wollte. Zu einer Veranstaltung, zu der ihr Boss nicht nur namhafte Fashion- und Modedesigner geladen hatte.

Gegenwärtig war ich etwas unsicher, ob ich mich dort wohlfühlen würde. Aber ich wollte und konnte Kirsten nicht enttäuschen. Ich hatte ihr immerhin versprochen sie zu begleiten.

Und genau deshalb stand ich noch immer unschlüssig vor dem Kleiderschrank. Jeans war nicht vornehm genug, obwohl ich mich darin am wohlsten fühlte. Gewiss konnte ich auch andere Kleidungsstile mein Eigen nennen. Da ich in den vergangenen Wochen abgenommen hatte, würde ich wieder in mein kleines Schwarzes passen. War echt chic, aber leider auch deplatziert. Und der dunkelblaue Hosenanzug, der meine Augenfarbe zur Geltung brachte? Der war zwar geschäftsmäßig, aber ich fand ihn einfach zu langweilig. Vielleicht weiß? Ich nahm das ärmellose Leinenkleid mit dem viereckigen Ausschnitt aus dem Schrank und hielt es prüfend vor mich. Weiß war zwar eine sichere Farbe und auch schlicht und elegant, aber ob es zu dieser Festlichkeit passen würde?

Als ich nun das stilvolle und figurbetonte rote Kostüm näher betrachtete, dachte ich anfangs, es sei zu gewagt. Aber je länger ich es mir anschaute, umso mehr kam ich zur Erkenntnis, dass es für den Anlass heute Abend genau das Richtige wäre. Fest stand, ob als Business-Look oder stilvolle Abendgarderobe, mit diesem zweiteiligen Kostüm war ein eleganter Auftritt garantiert.

Ich zog das Kostüm an, nur um zu schauen, wie es aussah und sich anfühlte. Und es fühlte sich gut an. Ich drehte mich vor dem Spiegelschrank hin und her. Es passte perfekt, auch die Schuhe sahen toll aus und waren bequem.

Nur noch Haare machen und Make-Up. So ging ich hinüber ins Bad und legte ein wenig Make-Up und Wimperntusche auf. Rouge und Lippenstift, dazu versuchte ich meine Haare in Form zu bringen. Seit vergangenem Sommer trug ich sie kurz.

Oh là là dachte ich so für mich, als ich zu Kirsten in den Wagen gestiegen war. Sie trug ein kurzes, schwarzes Kleid mit schwarzen Pumps. Ihr mittellanges Haar war durch sanfte Wellen frech und mit einzelnen hellen Strähnchen in Szene gesetzt. Mein Mund wurde trocken, als ich ihre Schönheit sah. Sie sah atemberaubend aus. In meinen Augen würde sie garantiert jeder anderen Frau die Show stehlen.

Ich fühlte mich beinahe wie bei Knigge. Ein junges Pärchen vor uns war ebenfalls zum Haupteingang des Gebäudes gegangen, in dem die Veranstaltung stattfand. Er eleganter anthra-zit-schwarzer Anzug und sie Pailettenkleid. Als der junge Mann uns sah, blieb er kurzerhand stehen und hielt uns formgewandt die Tür auf. Mit einem anerkennenden Blick bat er vor ihnen hereinzugehen.

Wir bedankten uns höflich, und noch während wir durch die Tür liefen, fiel mir der Blick der Frau an seiner Seite auf. Es würde sicher eine mächtige Szene für ihn geben. Wenn Blicke hätten töten können. Auch Kirsten musste es aufgefallen sein, denn als ich ihren Gesichtsausdruck sah, musste ich aufpassen, dass ich nicht losprustete.

Bereits im Foyer konnte man bluesgetränkte Musik, Lachen und Gläserklirren wahrnehmen. Der geräumige Saal, den wir dann betraten, war bis auf den letzten Platz gefüllt mit Menschen in festlicher Garderobe. Und Ringsum war das Stimmengemurmel der an die hundert geladenen Gäste zu hören.

Ein Mann mit grauen Haaren und Pferdeschwanz erspähte uns und kam direkt auf uns zu.

„Hallo Xavier", begrüßte ihn Kirsten mit einem charmanten Lächeln. Es folgte eine flüchtig-herzliche Begrüßung mit angedeuteten Küsschen auf die Wange.

„Hallo meine Liebe", sagte er und warf ihr einen Blick voller ernster und herzlicher Bewunderung zu. „Wer ist deine entzückende Begleitung?"

Das Verlangen zu erfahren wer ich wohl war, schien von ihm Besitz ergriffen zu haben. Dabei zauberte ihm mein Grinsen ein smartes Lächeln auf seine Lippen. Kirsten machte keinen Hehl daraus, was sie für mich empfand und stellte mich selbstsicher als ihre Liebste vor. Ihre Augen leuchteten dabei.

Nachdem er sich mir zuwandte und als Kollege vorgestellt wurde, hob er meine rechte Hand an seine Lippen und küsste sie. Es fühlte sich schon etwas verwirrend an, weil ich so etwas noch niemals zuvor erlebt hatte. Handküsse dieser Art kannte

ich nur aus Mantel- und Degenfilmen, in denen ihn Männer vielmehr aus Respekt, Unterwürfigkeit oder Liebe gaben. Aber in der heutigen Zeit? Ein verborgenes Schmunzeln machte sich tief in mir breit.

Die Haute-Couture-Welt bot sicher einiges an Mode-Exzentrikern: bisweilen etwas wirklichkeitsfremd, aber vielleicht auch geringfügig verrückt.

Ein Kellner kam mit einem Tablett Shampus vorbei, wo sich

Xavier Morel sogleich zwei Gläser runternahm und sie uns reichte. Er griff nach einem Dritten und hielt es uns hin. „Auf dich und deine hinreißende Herzensdame Lis. Ihr seid ein bildschönes Paar." Klirrend stießen wir an.

Bruno Biermann war eine angesehene Größe in der Modebranche. Dass dem Mitsechziger weiterhin die Damenwelt zu Füßen lag, beschränkte sich nicht allein auf seinen beruflichen und finanziellen Erfolg. Sehen lassen konnte er sich wirklich. Er hatte kurze graue Haare und dunkle Augen und war außerdem ein äußerst attraktiver Mann.

Er stand im Saal an einem erhöhten Rednerpult und hielt seine Ansprache, zog die Anwesenden magisch in seinen Bann. Sie lauschten seinen Worten, bewunderten ihn offenbar für alles, was er bis jetzt erreicht hatte. Obwohl er ein namhaftes Fashion-Atelier führte, dessen Label für exklusive Mode stand, hielt er sich eher dezent im Hintergrund.

„...auch dieses Jahr wird wieder erfolgreich werden, was vor Allem auch auf eine unserer besten Mitarbeiterinnen zurückzuführen ist."

Bruno Biermann unterbrach kurz, blickte dann zu den geladenen Gästen hinab und visierte anschließend bewusst Kirsten neben mir an. Er sprach weiter: „Mein besonderer Dank gilt meiner Designerin Frau Meinhardt. In der nächsten Fashion Week in Frankfurt wird sie offiziell die Looks and Styles für den Mann der kommenden Saison vorstellen."

Das hätte ich wahrlich nicht erwartet. Bei der nächsten Fashion Week würde Kirsten die Trends für den modebewussten Mann vorstellen. Outsfits aus sündhaft teuren Strickpullovern, Jeans und diversen Accessoires. An meiner Seite stand also eine angesehene Modedesignerin, die im Atelier „Looks", „Styles" oder Trends entstehen ließ. Sie beeinflusste demnach die Moderichtung für die nächste Saison. Ich war sichtlich beeindruckt.

Aber was machte eine so aufstrebende Frau an einem Ort wie diesem hier? Sie wohnte in einer kleinen Wohnung in einem Mietshaus mir schräg gegenüber. Von ihrem Geld, das sie dort verdiente, hätte sie sich sicherlich locker und leicht eine Penthouse-Wohnung leisten können. Und was wollte solch eine Frau mit jemandem wie mir? Wer wusste schon, mit was mich diese bildschöne Frau noch alles überraschen würde?

Nach einem langen Applaus wandte er sich den Musikern zu. Die Musik wechselte, das Orchester spielte jetzt Tanzmusik. Bruno Biermann kam auf mich zu und machte einen Tanz geltend.

„Möchten Sie tanzen?", fragte er und reichte mir die Hand. Er warf Kirsten einen knappen diplomatischen Blick zu. „Bitte verzeihen Sie mir, Frau Meinhardt, wenn ich Ihnen Ihre Freundin für diesen Tanz entführe."

Ich nickte verbindlich und folgte ihm auf die Tanzfläche. Irgendwie mochte ich Kirstens Chef, er hatte eine liebenswerte Art und ein lautes Lachen. Er bewegte sich agil und gekonnt zu der Musik und legte mir den Arm um meine Taille.

„Sie sind wirklich zum Anbeißen, Lis", sagte er auf einmal und schaute mich an. „Ich hoffe nicht, dass ich Sie eben mit meiner direkten Art überrumpelt habe. Aber ich möchte gerne wissen, wem es gelungen ist, Frau Meinhardt so den Kopf zu verdrehen."

Ich schluckte und war unfähig zu antworten. Bruno Biermann war wirklich sehr direkt. Ich wusste nicht so ganz wie ich mit solch einem Kompliment umgehen sollte.

Bevor ich etwas sagen konnte, redete er weiter: „Ich bin froh, dass Frau Meinhardt nicht mehr nur in die Arbeit vertieft ist und nun endlich ein Privatleben hat. Sie hat bisher genug in ihrem Leben durch." Wir unterhielten uns noch eine Weile. Ich verstand, warum er so direkt war wie er war und schätzte ihn dafür.

Dann fiel mir langsam auf, dass eine ältere kleine Frau, in einem kurzen schwarzen Kleid, verdächtig häufig um Kirsten herumschlich.

Bruno Biermann war, nachdem der Tanz geendet hatte, mir gefolgt. Er trat unbeirrt an Kirstens Gegenüber heran.

„Eva-Helene van Houten", begrüßte er sie. Er lächelte, beugte sich leicht vornüber, nahm ihre Hand in seine beiden Hände, schaute ihr aufmerksam ins Gesicht und sagte schlicht: „Es tut gut, Sie hier zu sehen."

Wenig verblüfft durch seine Selbstverständlichkeit, mit der er sie begrüßte, lächelte unser Gegenüber nur vage. Ihr Lächeln wirkte schon fast arrogant und selbstgefällig.

„Frau van Houten, sollten Sie wissen, ist eine unabhängige Modereporterin", erklärte er mir. „Sie ist auf vielen Fashion-Weeks vertreten."

Ich schätzte diese Frau, wenn ich sie mir so näher betrachtete, auf Anfang oder Mitte Siebzig. Alleine durch ihren modisch halblangen Haarschnitt, der blond gefärbt war, versuchte sie jünger auszusehen als sie eigentlich war. Sämtliche Finger beider Hände waren verziert von extravaganten Ringen und ihren Hals schmückten mehrere übereinanderliegende Ketten. Alles an ihr wirkte sehr übertrieben und klobig. Mit einer selbstgefälligen Arroganz drehte sie eine Zigarette mit zwei Fingern.

Ehe sie diese zwischen die Lippen steckte, sagte sie mit rauchiger Stimme süffisant: „Sie wissen doch, Herr Biermann, ich bin einzigartig. Wer mich nicht schätzt, der ist unausweichlich verloren." Nach ihren Worten entwich ihr ein zynisches Lachen. „Also lassen Sie sich was Gutes einfallen." Mit einem Augenzwinkern, das sie Bruno Biermann zuwarf, und sonst etwas bedeuten konnte, ging sie.

Wir sahen, wie sie sicher Richtung nächsten Kellner steuerte. Dort riss sie sich ein Glas Schampus vom Tablett und leerte es in einem Zug. Bevor sie jedoch in der Menschenmenge verschwand, vernahmen wir, wie sie sich noch genervt mit einer Frau stritt, die sie unbewusst berührt hatte.

Ich schüttelte innerlich den Kopf über das, was ich hier eben erleben durfte. Ein zaghaftes Lächeln legte sich auf mein Gesicht. Vieles in der Fashionwelt, ob Beiträge in einer Zeitschrift oder Reportagen, die über den Bildschirm flackerten, war sicher nicht übertrieben.

Dass mir dieses Lächeln so rasch durch den schieren Schrecken ersetzt werden würde, hätte ich nicht gedacht. Denn als ich mich umdrehte, sah ich den Mann, der sich zu Bruno Biermann gesellt hatte. Wie in Zeitlupe glitt mir das Sektglas zwischen den Fingern hindurch und fiel zu Boden. Es zersplitterte in tausend Teile. Ich taumelte und stützte mich kurz an Kirsten ab.

„Was ist mit dir?", fragte sie bestürzt. Sie zog mich zu sich herum und schaute mir gerade in die Augen. „Du bist ja kreidebleich. Als hättest du einen Geist gesehen."

„So was ähnliches", sagte ich beinahe tonlos und blickte zu meinem Schwager Bernd, der sich angeregt mit dem Boss von Kirsten unterhielt.

„Lis, darf ich Ihnen Bernd Schäfer vorstellen?"

Ein hämisches Grinsen lag auf Bernds Gesicht, das vor Selbstgefälligkeit nur so trotzte, als er mir seine Hand reichte. „Welch Überraschung, dich hier anzutreffen, Lis."

Ich hatte es genau gehört, dass mir dieser Scheißkerl gerade eben als Geschäftspartner vorgestellt wurde. Geschäftspartner von Bruno Biermann, dem Boss meiner Freundin. Bei dem Wort Geschäftspartner hätte ich in der Realität angewidert das Gesicht verziehen müssen, um meinem Gefühl Ausdruck zu verleihen. Als Bernd noch erfuhr, wie Kirsten und ich zueinanderstanden, wurde mir ganz schlecht. Am liebsten wäre ich gegangen. Aber ich machte gute Miene zum bösen Spiel und riss mich wegen Kirsten zusammen.

Kapitel 6

Ein Ich, ein Du, ein WIR

Der Notar Dr. Engelhardt benachrichtigte mich schriftlich über den Termin der Testamentseröffnung. Eingangs war ich noch am Überlegen dorthin zu fahren, zumal mir klar war, dass ein ganz übles Spiel seitens meiner Schwester mir gegenüber wegen des Erbes getrieben wurde. Und Bernd? Er war da sicherlich der Hauptdrahtzieher.

Drei Tage darauf saß ich dann doch in Begleitung von Kirsten beim Notar. Die Kanzlei befand sich etwas außerhalb des Stadtkerns gelegen in einer Altbauvilla. Sie war umgeben von einer gepflegten kleinen Parkanlage mit elektrischem, schmiedeeisernem Gartentor.

Frederick Engelhardt war ein älterer Herr mit Brille in dunkelgrauem Anzug, weißem Hemd und roter Seidenkrawatte. Seine Brille war ihm weit über die große Nase gerutscht. Und die buschigen grauen Augenbrauen hatten dieselbe Farbe wie sein lichtes Haar und erinnerten mich an eine Eule, aus einem meiner Bücher, aus meinen Kindheitstagen.

Er begrüßte mich und Kirsten mit einem offenen Lächeln und wies uns zu einem massiven Eichenschreibtisch. Dort bat er uns, auf den Ledersesseln davor Platz zu nehmen. Die Familie hatte sich längst vor mir in dem Raum mit hoher Stuckdecke versammelt. Es roch leicht muffig, und das Inventar bestand hauptsächlich aus Biedermeiermöbeln.

Mutter saß in sich zusammengesunken wie ein Häufchen Elend. Sie wischte Tränenspuren aus ihren Augen und machte einen Versuch zu lächeln, aber es gelang ihr nicht.

Sabrina saß links von ihr in rotem Businesskostüm und Bernd direkt daneben in einem dunkelblauen Nadelstreifenanzug. Beide würdigten uns keines Blickes.

Bedachtsam ließ er sich uns gegenüber nieder und kramte in einem Wust aus Unterlagen. Seine makellosen Hände zitterten ein wenig, als er einen braunen Umschlag aus dem Papierstapel zog und ihn öffnete.

Erneut ging die Tür auf und eine rothaarige Dame mittleren Alters mit hochgesteckten Haaren betrat bewaffnet mit Block und Stift den Raum. Ihre tief ausgeschnittene weiße Bluse und ein dunkelblauer eng geschnittener Rock untermalten ihre äußerst attraktive Ausstrahlung. Sie begrüßte uns alle und stellte sich als Dr. Engelhardts persönliche Sekretärin vor.

„Hilde wird das Protokoll der Testamentseröffnung führen", erklärte der Notar und spähte über den Rand seiner Brille zu uns hinüber. „Nun, dann wollen wir mal anfangen."

Mutter fiel es besonders schwer. Sie schluchzte und verbarg ihr Gesicht hinter einem Taschentuch.

„Mein letzter Wille. Ich, Walter Hartmann, weiß, dass ich keine lange Lebenserwartung mehr habe. Deshalb verfasse ich dieses Testament hier mit höchster Erwartung. Eleonore, meine geliebte Frau, ich weiß, dass ich oft kein einfacher Mensch war. Aber ich konnte mir keine bessere Frau und Mutter für unsere Kinder wünschen. Du hast in all den Jahren stets versucht die Familie zusammenzuhalten. Und dafür bist du oft über deine Grenzen gegangen. Ich möchte, dass du unser Anwesen weiterführst, so lange du lebst. Ferner sollst du Wohnrecht auf Lebenszeit erhalten. Ich bin gespannt, was Ihr beiden Aasgeier Sabrina und Bernd dazu sagen werdet? Nun ja, ich denke, ich werde es hören. Wo auch immer ich dann sein werde. Anwesen und Haus werden erst an euch übergehen, wenn Eleonore nicht mehr da ist."

Sabrina und Bernd fielen vor Wut und Empörung die Kinnladen herunter. Dass es ihnen gelang, sich nach Vorlesen des ersten Teils zu zügeln, grenzte wahrlich an ein Wunder.

Der Notar lugte über seine Brillengläser und fuhr Sekunden später fort: „Lis, ich hoffe, dass auch du anwesend bist und mir verzeihst, was zwischen uns vorgefallen ist. Ich weiß, dass wir immer beide zu gleichen Teilen große Sturköpfe waren. Die Worte, die zwischen uns beim letzten Zusammentreffen gefallen sind, können wir nicht mehr ungeschehen machen. Einen großen Teil meines Barvermögens möchte ich deshalb dir vermachen. Ich weiß, dass man mit Geld nicht alles wiedergutmachen kann. Aber Mutter und ich waren uns dahingehend einig. Lis, ich hoffe du freust dich. Ein weiterer Teil des Geldes geht zu gleichen Teilen an meine drei Enkelkinder. Lebt wohl, euer Walter.“

Dr. Engelhardt faltete den Brief langsam zusammen und gab seiner Sekretärin ein Zeichen, woraufhin diese im Nebenraum verschwand.

Nach dem Notartermin trafen wir Jochen. Wir hatten uns mit ihm im Grünhaus verabredet. Eine kleine Gaststätte, die sich die Brauhausatmosphäre erhalten hatte, ohne auf das Niveau einer Kneipe abzufallen. Wenn man sie betrat, befand sich der Tresen unweit des Eingangs, und die Einrichtung war sehr gemütlich. Die Gaststätte selbst war unterteilt durch eine zweistufige Treppe, über die man eine Empore erreichte.

Wie oft saß ich dort mit Jochen in gerade deprimierenden Momenten und sagte mir, Lis, dein Leben ist ein schlechter Film, und du hast darin die Hauptrolle. Heute hingegen gab es endlich einen anderen Beweggrund. Und nicht nur einen. Meine Stimmungsschwankungen, die mich davon abhielten zur Testamentseröffnung zu gehen, brachten mich an den Rand der Verzweiflung.

Schließlich war es Jochen, der mir Mut zusprach, den Termin wahrzunehmen. Überdies wollte ich ihn nun endlich mit Kirsten bekannt machen. Er wusste nicht, dass es da jetzt jemanden gab, der mich rund herum glücklich machte.

Als wir die Räumlichkeiten betraten, begrüßte uns Jochen, der an der Theke stand und ein Bier vor sich stehen hatte.

„Du bist ja schon da", lächelte ich und drückte ihm einen Kuss zur Begrüßung auf die Wange.

Meine Ohren klopften und liefen sicher dunkelrot an, als ich ihm Kirsten vorstellte. „Das ist Kirsten, meine Freundin. Sie ist der Grund dafür, dass ich so aufgekratzt war. Dass ich zum ersten Mal in meinem Leben mehr als einfach nur glücklich bin, ist ihr Verdienst."

„Mensch, Lis, ich freue mich so für dich", sagte Jochen überrascht und warf einen Blick auf Kirsten. Dann strahlte er über das ganze Gesicht. „Ich spüre, dass du zum ersten Mal im Leben richtig glücklich bist."

Er wandte sich Kirsten zu. „Meine Bewunderung. Schönheitssinn hatte Lis ja schon immer. Du siehst zauberhaft aus."

Ohne auch nur eine Sekunde zu überlegen, nahm er uns beide in die Arme und drückte uns fest an sich.

Wir gingen zusammen zum reservierten Tisch und ließen uns die Speisekarte geben. Jochen bestellte sich ein knuspriges Schweineschnitzel auf Krustenbrot mit Spiegelei und gebratenem Bauchspeck. Dazu eine kleine Portion gemischten Salat. Kirsten und ich konnten uns nicht zwischen Flammkuchen und zwei verschiedenen Salaten entscheiden. Mich lächelte der Thunfischsalat an; gleichzeitig richtete Kirsten ihren Blick auf den italienischen.

Während wir die Speisekarte weiterhin studierten, suchte ich immer wieder Blickkontakt zu ihr. Die Augen, das Fenster zur Seele. Jeder Augenkontakt mit ihr hatte etwas faszinierendes. Am Ende wählten wir den Flammkuchen und beide Salatsorten. Die Augen waren sicher größer als unser Hunger, den wir mitbrachten.

„Na, dann schießt mal los", fing Jochen das Gespräch an und hielt uns das alkoholfreie Weizenbier zum Anstoßen entgegen. „Fangen wir von vorn an. Wie habt Ihr euch kennengelernt?"

Jochen amüsierte sich königlich, als ich ihm von meinem ersten Urlaubstag erzählte und wie ich Kirsten das erste Mal traf. Ich wusste, dass es unserer Freundschaft nichts abtun würde, wenn ich ihm alles berichtete. Warum ich dies nicht früher tat, wusste ich ja. Es hieß erst einmal damit klarkommen, dass ich mich in eine Frau verliebt hatte. Und nicht in einen Märchenprinzen, wie ich immer dachte, so einen wie ihn. Alles war absolutes Neuland für mich, ich war völlig überfordert mit dem Chaos meiner Gefühle.

„Du musst aufhören, nur die Farben Schwarz und Weiß zu sehen. Es gibt jede Menge Graustufen dazwischen", klärte Jochen mich auf. „Du musst aufhören, es allen recht machen zu wollen. Es tat mir immer weh, wenn ich die Zerwürfnisse zwischen dir und deinen Eltern, wegen dem so tollen Lebensstil deiner Schwester mit Familie, mitbekam. Du hast darunter sehr gelitten. Lis, es ist dein Leben. Und du hast nur eins."

„Ja, ich weiß", mit gesenktem Blick stocherte ich im Salat vor mir herum. Ich fühlte, wie Kirsten ihre Hand auf die meine legte und umgriff. Wärme durchflutete mich, und die Anspannung fiel von mir ab.

„Weißt du was? Ich glaube, Liebe ist lebenswichtig für die Menschen", sagte er unerwartet. „Sie ist das Beste, was einem passieren kann. Alles erhält eine Bedeutung, alles wird wichtig und staunenswert." Er lächelte und fuhr fort: „Ich beobachte, wie Ihr Zwei miteinander umgeht. Kirsten ist eine Frau, die mit beiden Beinen fest im Leben steht. Und ich sehe, dass sie zu dir steht. Gemeinsam überwindet man Hindernisse. Und ich, ich werde weiterhin für dich da sein."

Gleich wollte ich Jochen außerdem offenbaren, dass Bernd nun auch noch Geschäftspartner vom Chef meiner Freundin war. Diese Familie durchkreuzte immer wieder aufs Neue mein Leben. Erfahrungsgemäß im negativen.

Jochen kippte sein Weizen hinunter und hustete. „Auch das noch, na bravo", entwich es ihm.

„Was haltet Ihr davon, wenn wir uns nach dem Essen noch ein wenig die Füße vertreten?", warf Kirsten ein.

Ich bemühte mich, meine Gedanken zu sammeln. Der Termin beim Notar hatte mir ganz schön zugesetzt. Ich war eigentlich ein typisch harmoniesüchtiger Mensch. Aber ich musste anfangen Dinge loszulassen, die mir nicht gut taten. So auch das mit meiner Familie. Die Situation war nun mal so wie sie war. Ich konnte daran nichts ändern, auch wenn Vater versucht hatte einiges wieder gut zu machen.

„Vielleicht im Park am Fluss?", hatte Kirsten noch gefragt, ehe wir die Gaststätte verließen.

Warum zum Fluss? Ach so, wir wollten ja spazieren gehen, und an Flüssen spazierte es sich gut. Die spontane Idee von meiner Liebsten, in Naturverbundenheit am Ufer eines Gewässers zu wandeln, war nach dem Essen richtig gut.

Nach gut zehn Minuten hielten wir auf einem Parkplatz, der an eine ausgedehnte Grünanlage grenzte. Vögel trillerten, und die Bäume warfen ihre Schatten auf die Pflastersteine aus Naturstein.

Wir schlenderten die baumgesäumten Parkwege entlang, bis wir den Fluss erreichten. Dort führte ein Fußweg entlang, an dem ein paar Bänke standen. Ein Inlinefahrer sah uns zu spät und drohte mit uns auf Kollisionskurs zu gehen. Gott sei Dank fuhr er in letzter Sekunde lachend und schwungvoll an uns vorbei und verschwand hinter der nächsten Biegung.

Nach einer Weile entschieden wir uns, für kurze Zeit auf einer der Bänke zu verweilen. Auf einer Grünfläche links von uns spielten Schachspieler an einem langen Holztisch konzentriert. Dazu Hunde. Hunde, die schnüffelten, herumtobten und für kein nettes Wort der Welt hörten. An ihrer Seite noch anfangs gut gelaunte Besitzer, die sich dann aber irgendwann zähneknirschend ihrem Schicksal ergaben.

Von hier aus hatten wir die Aussicht auf das Gewässer, konnten die Bäume am anderen Ufer sehen. Das Wasser glitt ruhig und dunkel mit einem leisen Glucksen vorbei. Kirsten stierte geisteswesend vor sich hin.

„Alles in Ordnung mit dir?", fragte ich.

Sie blickte auf, wirkte wie ein kleines Mädchen, das bei einem Streich ertappt wurde. „Ich muss später nochmal ins Atelier. Mögt Ihr mich dorthin begleiten? Es wird nicht lange dauern."

Es war fünf Uhr vorbei. Gute Gespräche zwischen uns ließen die Zeit wie im Flug vergehen. Und ich war glücklich darüber, dass sich auch Jochen und Kirsten verstanden.

Das Modeatelier befand sich im Obergeschoss eines alten denkmalgeschützten Fabrikgebäudes aus dem Jahre 1903, das in 2014 umgewandelt wurde. Es lag etwas außerhalb gelegen am anderen Ende der Stadt. Neben dem Atelier befanden sich noch eine Kunstgalerie sowie im zweiten und dritten Obergeschoß altengerechte, barrierefreie Seniorenwohnungen. Die Architekten, die das Gebäude modernisierten, hatten die Decken des alten Fabrikgebäudes mit Lichtschächten versehen.

Oben angekommen, standen wir vor einer rubinroten Stahltür. Bruno Biermann hatte es extra so absichern lassen, damit nicht jeder Zugang zu den Räumlichkeiten hatte. Rechts neben der Tür befand sich eine Tastatur für einen Zahlencode. Mit dem Zeigefinger tippte Kirsten einen vierstelligen Code ein, worauf ein Summton folgte und sie die Tür öffnen konnte.

Als wir den Flur betraten, schaltete sich über uns automatisch die Deckenbeleuchtung ein. Die Glastüren des langen Flures allesamt weit geöffnet. Hinter den Glastüren verbargen sich hell und nüchtern eingerichtete Räume. In einigen standen Computer und Staffeleien, in anderen Zuschneide-Tische und

Regale vollgestopft mit Stoffballen und Garnrollen.

Hier überall wurden also Modelle entworfen. So auch die Kollektion, die Kirsten entwarf und bald auf der Fashion-Week in Frankfurt vorstellen würde.

„Gewöhnlich herrscht hier reges Leben auf einhundertfünfundachtzig Quadratmetern", sagte Kirsten. „Stellt euch ein hektisches Modeatelier in Paris vor. So läuft es nämlich auch hier ab. Aber insgesamt ist das Arbeitsklima sehr angenehm."

Kirstens Büro war das vorletzte auf der linken Seite. Direkt dahinter führte ein Treppenzugang zum Dachgarten hinauf.

„Kommt, ich zeige euch unsere Ruhe-Oase." Sie wies mit dem Kopf auf die Treppe und bat uns ihr zu folgen.

Während sie die Treppe hinaufschritt, erzählte sie, dass es ihrem Chef sehr wichtig war, dass sie und ihre Kollegen sich dort zwischendurch immer wieder eine Auszeit gönnen sollten. „Ihm ist natürlich bewusst, dass ein solcher Ort auch den Spaß an der Tätigkeit und der Kreativität fördert."

Als wir durch die Terrassentür traten, haute es uns bei dem fantastischen Anblick fast um. Vor uns lag eine dieser Roof Top Terrassen, wie man sie nur aus Fernsehberichten oder Zeitschriften kannte. Das war wahrlich ein Traumplatz. Neben einem schön angelegten Dachgarten aus Ziergräsern, Bambus und Kletterpflanzen blieb für die Mitarbeiter sehr viel Platz für Erholung. Über uns war ein großes Sonnensegel gespannt. Der weite, offene Raum, der vor uns lag, war geschmückt mit großen Möbeln und verschiedenartigen Dekorationsgegenständen. Outdoor-Teppich und Sitzkissen verliehen dem Terrassenzimmer Gemütlichkeit.

Inmitten dieser geschmackvoll angelegten Gartenterrasse war ein kleiner Brunnen mit Quellstein aufgestellt, der tagsüber sicher erfrischende Kühle bot und abends vor sich hinplätscherte. Dieser Bereich hier war der krasse Gegensatz zu den unter uns befindlichen Büroräumen.

Irritiert schauten wir Drei uns an, als wir ein leichtes Schnarchen aus dem hinteren Teil der Dachterrasse vernahmen.

„Sagtest du nicht auf dem Weg hierher, dass heute niemand mehr im Atelier sei?", fragte Jochen Kirsten, die sich aufmachte, dem Schnarchen auf den Grund zu gehen.

„Eigentlich schon", antwortete sie. „Einige haben Urlaub, andere sind auf einer Fortbildung. Herr Biermann ist eh fast nie da, und ich war die Einzige, die heute noch mal vorhatte hier reinzuschauen. Deshalb bin ich ganz schön verunsichert, was hier abgeht."

Auf einer Chillout Bank, versteckt hinter Gräsern und Bambus, lag ein bärtiger Mann und schlief, eine Zeitung unter dem Kopf. Die Brille war ihm vom Nasenrücken gerutscht. Sie hing nur noch am Ohr fest und wurde von seinem Zopf verdeckt.

Kirsten stand mit verschränkten Armen da und blickte grinsend auf ihn. Xavier Moreno schmatzte ein wenig im Schlaf, drehte sich zur Seite und schlief weiter. Die Brille war nun gänzlich unter ihm verschwunden.

Er öffnete kurze Zeit darauf blinzelnd ein wenig die Augen und rieb sich die Nase, als Kirsten hüstelte. Schnell hielt sie sich die Hand vor den Mund, damit er ihr Grinsen nicht sah.

Die Augen jetzt weit aufgerissen, schaute Xavier uns an.

Verstört richtete er sich auf und suchte jetzt nervös nach seiner Brille. Als er sie fand, versuchte er sie auf die Nase zu setzen. „Kirsten! Was machst du denn hier?"

Kirsten sagte ihm, dass sie noch etwas an ihrem Schreibtisch erledigen müsse und bat ihn, sich ein wenig um uns zu kümmern.

Nach dieser Bitte drückte sie mir einen Kuss auf den Mund und ging. Bevor sie jedoch in die Terrassentür eintrat, warf sie mir noch einen galanten Handkuss zu, der in mir ein starkes Verlangen nach ihr auslöste. Diese Frau war einzigartig und brachte mich weiter um den Verstand. Um nichts in der Welt wollte ich sie mehr hergeben.

Anfänglich wusste ich nicht genau, wie ich Xavier einschätzen sollte. Ich hatte ihn ja auch auf der Veranstaltung nur kurz kennengelernt, ehe er sich wieder unter die Gäste gemischt hatte. So lange meine Liebste in ihrem Büro war, und das belief

sich auf eine knappe Stunde, lernte ich ihn als einen liebens-
würdigen und empfindsamen Menschen kennen - und schät-
zen. Dass er nach der Bitte, sich um uns zu kümmern, einen
Blick auf Jochen warf, belustigte mich schon fast ein wenig.

Ich stand bereits eine geraume Zeit am Geländer und ließ meinen Blick über die Stadt schweifen. Die Aussicht war atemberaubend. Ich bemerkte nicht, wie Kirsten zurückgekehrt war.
Sie lehnte sich neben mich ans Geländer und schaute in den
wolkenlosen Himmel. Es herrschte Ruhe um uns herum. Nur
das leise Zirpen von Grillen unterbrach diese Stille. Als ich mich
umdrehte, waren Jochen und Xavier verschwunden. Wir waren
allein.

Auf meinen fragenden Blick hin sagte sie, dass die beiden
ihr auf dem Weg zu mir auf der Treppe begegnet seien. Sie
wollten wohl noch etwas zusammen trinken gehen. Ein fantas-
tischer Sommerabend lag vor uns, wie gemacht für die Liebe.

„Wunderschöner Himmel, nicht wahr?", stellte ich fest.

Kirsten schaute zu mir.

Ich ging zu ihr und schob ihr einige ihre Haare aus dem Gesicht. „Fast so schön wie du", flüsterte ich ihr zu. Sie errötete.

Wir sahen uns tief in die Augen und näherten uns langsam
an. Dann küsste ich sie, was sie sofort erwiderte. Nach unserem Kuss lehnte sie ihren Kopf auf meine Brust. Keine von uns
beiden sagte etwas, wir standen einfach zusammen. Ich strich
ihr mit meiner Hand durch die Haare. Dann schlossen wir unsere Augen und genossen den Moment. Wir lösten uns erst, als
ein warmer Sommerwind durch unsere Haare blies.

Kirsten ging zu einem Tisch, der bei den Liegen stand. Mir war wohl entgangen, dass sie eine Flasche Sekt mitgebracht hatte. Sie goss ihn in die zwei Gläser und reichte mir eins davon. „Auf einen wunderbaren Abend", stieß sie mit mir an. „Wir könnten ihn hier verbringen."

„Du willst den Abend mit mir hier…?", fragte ich verdutzt. „Sicher, dass wir alleine sind?"

„Ja, das hatte ich mir so gedacht." Kisten nippte an ihrem Glas. Sie leckte über ihre weinroten Lippen. „Und nochmal Ja, keiner außer uns ist hier. Der Abend gehört gänzlich uns."

Wir gingen zusammen zu einer der Liegen und setzten uns darauf. „Der Stoff stört mich", grinste sie und fing an meine Bluse langsam aufzuknöpfen.

Ich verstand was sie meinte, öffnete die verbleibenden Knöpfe und legte die Bluse ab. Ohne zu fragen, waren ihre Hände auch schon unter meinem BH gelandet. Im Hintergrund plätscherte der kleine Brunnen friedlich vor sich hin. Meine Besorgnis, dass wir vielleicht doch nicht alleine sein könnten, fiel mit einem Schlag von mir ab. Und ich gab mich ihr ganz und gar hin.

Kapitel 7

Eine Nacht am See

Der Urlaub war zu Ende, der Alltag hatte mich zurück. Das Wort „Alltag vermochte üblicherweise auch bei mir negativ behaftetete Assoziationen auszulösen, ich aber liebte es auf einmal.

Die erste Woche in meinem Büro hatte ich fast überstanden, größere Pannen dort waren glücklicherweise ausgeblieben. Kein Wunder, war ich in einen emotional glücklichen Hafen eingelaufen, den ich so dringend gebraucht hatte. Und das war auch meinen Kollegen nicht entgangen. Der eine oder andere griente, wenn er mir im Flur begegnete. Auf gut verpackte Fragen, etwas von mir zu erfahren, machte ich dasselbe und lächelte einfach zurück. Oder aber ich gab dumme Antworten, die sie nicht hören wollten.

Die kommenden Tage jedoch waren von Gewalt geprägt. Mein Cabriolet wurde beschädigt. Eines Morgens fand ich sogar die Windschutzscheibe zertrümmert vor. Zwei Tage darauf hatte die Tür auf der Beifahrerseite eine große Beule. Ich wurde das Gefühl nicht los, dass derjenige, der mich mit weiteren Terroranrufen bombardierte, dafür verantwortlich war. Er war nur in die nächste Runde gegangen. Kirsten meinte, ich solle Strafanzeige gegen Unbekannt stellen.

„Und was soll ich denen sagen? Dass es sich verschlimmert hat, seit ich eine Frau liebe?"

Sie erklärte mir, dass es viel schlimmer sei, die Dinge allesamt auf sich beruhen zu lassen. „Wie lange willst du das noch mit dir machen lassen? Bis etwas richtig Schreckliches geschieht? Hast du schon mal darüber nachgedacht, einen Kurs in Selbstverteidigung zu belegen?"

Ich blickte sie überrascht an. „Der liegt schon ein paar Jahre zurück. Aber ich habe ihn gemacht."

Kirsten bohrte weiter. „Das ist schon mal ein Anfang. Aber

was ist, wenn du dich verteidigen musst?"

„Bisher bin ich ohne ausgekommen", erwiderte ich.

„Mein Gott, Lis, ich habe Angst um dich", Kirsten hob besorgt ihre Stimme. „Begreifst du nicht, wie ernst die Sache ist? Ich liebe dich, und ich will dich nicht verlieren. Wenn du möchtest, gehe ich mit dir zur Polizei. Aber du kannst es nicht auf sich beruhen lassen. Zuerst diese fortdauernden Anrufe. Und jetzt scheint dieses kranke Gehirn nicht nur bei den Anrufen zu bleiben."

Die Sorge, wie ich mit der ganzen Situation weiter umgehen sollte, raubte mir den Schlaf. Am Ende kam ich zu dem Schluss, Kirstens Angebot anzunehmen und mit ihr zusammen zur Polizei zu gehen. Wenn ich es weiterhin versuchen würde auszusitzen, wäre es im schlimmsten Fall mein Untergang. Meine Ohnmacht erstickte mich.

Ich war erleichtert, als ich mit Kirsten zusammen das Polizeirevier verließ. Die zuständige Polizistin hatte alles für richtig gehalten. Was jedoch dabei herauskommen würde, war ungewiss. Ich versprach mir keine großen Erfolgsaussichten davon. Und das hatte ich auch hierauf zu Kirsten gesagt, als ich zu ihr in den Wagen stieg.

„Wollen wir noch zum See hinausfahren?", lächelte mich Kirsten an. „Ich möchte, dass du dich ein wenig ablenkst. Und ich glaube, dass es dir gut täte. Es ist Freitagnachmittag, und wir haben keine weiteren Verpflichtungen heute."

Auch wenn es mir seelisch gar nicht gut ging, das war es, was ich an ihr so liebte und ihre große Liebe zu mir gar noch

steigerte: dass ich niemals ihren Enthusiasmus bremste. Es war
so unerklärlich schön, wie wir miteinander umgingen. Unsere
Beziehung war von Anbeginn an liebevoll gewesen. Diese Liebe
war bedingungslos. Selbst jetzt war nicht zu übersehen, wie
fürsorglich sie war.

Oft fragte ich mich, ob ich in ihr nicht sogar meine Seelen-
partnerin gefunden hatte. Ich hatte unlängst darüber gelesen,
dass man seinen Seelenpartner auf eine ungewöhnliche Art
und Weise trifft. Ungewöhnlich war es ja auch, denn nicht jeden Tag traf man nach einem Blechschaden die Liebe seines
Lebens.

Obwohl sie mir ja anfangs fremd war, konnte ich ihr unein-
geschränktes Vertrauen zeigen. Ich fühlte mich mit einem Mal
zu Hause angekommen. Und Raum und Zeit, beides verlor an
Bedeutung. Es gab keine Worte diese Verbindung zwischen uns
richtig zu beschreiben.

Falls es wirklich Seelenliebe zwischen uns war, dann wollte
ich es nicht weiter versuchen zu verstehen. Es würde sich eh
meinem Verstand entziehen. Stattdessen wollte ich sie weiter-
leben. Und ich hoffte, dass dies alles niemals ein Ende haben
würde.

Kirsten und ich lagen verschlungen auf der Decke, die wir
am Ufer ausgebreitet hatten, ehe die Dunkelheit eingesetzt
hatte. Es war still, die Nacht war heraufgezogen. Vor uns
schwappte das träge Wasser gegen das Ufer. Der See spiegelte
sich im warmen Mondlicht, und der Himmel über uns war voller blinkender Sterne. Ein paar von ihnen, die im Wasser leuchteten, hüpften auf und ab.

Der Blick zum See ging uns nicht verloren. Ein einsamer Sänger, der keine Ruhe zu finden schien, zwitscherte unaufhörlich eine wunderschöne Melodie. All unsere Sinne waren sofort geschärft, und wir lauschten für einen Moment seinen Klängen. Es gesellte sich ein Rascheln hinzu. Sicher gab es in der Gegend jede Menge nachtaktiver Tiere. Warum sollte man keinem begegnen?

„Du hast mir nie besonders viel über deine Familie erzählt", sagte ich plötzlich. Kirstens Worte über zu Hause waren dünn gesät. Mir wurde klar, dass dies ein wunder Punkt bei ihr sein musste, und dass es ihr mehr ausmachte, als es den Anschein hatte. Dennoch lag es mir am Herzen. Ich dachte zurück an den Tanz mit Bruno Biermann und seine Worte, dass sie bisher genug im Leben durchgemacht habe.

Ich drehte mich zur Seite, streichelte ihre Wange und gab ihr einen zärtlichen Kuss auf den Mund. Ich lächelte. „Erzähl mir von deinen Eltern."

Unter dem Mondlicht entdeckte ich Tränen in ihrem Gesicht. „Was soll ich dir über sie erzählen? Ich bin Einzelkind, wie du weißt. Und ab dem achten Lebensjahr wuchs ich bei meiner Großmutter auf dem Land auf. Meine Eltern waren toll." Bei dem letzten Satz musste sie schlucken, als hätte sie sich fassen müssen, erzählte dann aber weiter: „Besonders Vater war ein toller Mann. Ich habe ihn vergöttert. Ich glaube, ich war eher ein Papakind. Als ich Kind war, hatte er immer viel gearbeitet und war nur an den Wochenenden zu Hause. Aber wenn er da war, hat er immer viele tolle Sachen mit mir und Mutter gemacht. Seine ganze Zeit hatte er uns gewidmet."

Ich sah sie nur an. Alle Schilderungen von ihren Eltern lagen in der Vergangenheit. Es gab kein jetzt mehr. Und je mehr Kirsten erzählte, umso bedrückter klang sie.

„Einen Monat vor meinem achten Geburtstag wollten wir für zwei Wochen mit dem Wohnmobil nach Italien in den Urlaub fahren. Kurz vor der Schweiz gerieten wir dann in einen folgeschweren Auffahrunfall mit mehreren Fahrzeugen und Lastkraftwagen. Aus unerklärlichen Gründen war Richtung Grenze ein Schwertransporter liegen geblieben."

Das, was dann folgte, erschütterte mich zutiefst. „Die Lastkraftwagen schoben unser Wohnmobil wie eine Ziehharmonika zusammen. Obwohl man uns mit der Rettungsschere befreite, waren meine Eltern auf der Stelle tot."

Als sie noch sagte, sie hätte mir ihre Eltern gerne vorgestellt, und dass sie mich sicherlich gemocht hätten, legte ich meine Finger auf ihre Lippen und bat sie nicht weiterzusprechen. Mit jedem ihrer Worte spürte ich diesen Seelenschmerz, den sie noch heute in sich trug. Vielleicht wäre es besser gewesen nicht danach zu fragen. Aber leider Gottes war es nun passiert. Nun verstand ich, was Bruno Biermann mit dieser Aussage meinte. Und das war sicher auch einer der Gründe, weshalb sie sich ausschließlich in der Arbeit vergrub. Es setzte sich wie ein Mosaik für mich zusammen: ich begriff. Ihre Augen füllten sich weiter mit Tränen.

„Bitte verzeih mir, ich wollte nicht, dass alles erneut in dir hochkommt." Ich zog sie an mich, versuchte sie zu trösten. Aber ich fand nicht die Worte, ihr den Schmerz zu nehmen, der sie nun wieder einholte.

Schluchzend rückte sie näher an mich heran und vergrub ihr Gesicht in meine Brust. Wie es aussah, würden wir die Nacht hier am See verbringen. Noch hörte ich das weiche Wasser in der Nacht spielen. Dann, irgendwann, überkam uns beide die Müdigkeit, unsere Augenlider wurden schwer und schlossen sich von allein.

Am darauffolgenden Morgen in der Ruhe der Natur aufzuwachen, glich den Schlaf auf dem nicht weichen Waldboden in jeder Beziehung sicher aus. Eine leichter Windhauch umsäuselte sachte und zärtlich neckend mein Gesicht. Ich hatte gar nicht mitbekommen, dass Kirsten wohl irgendwann in der Nacht aufgestanden war und eine warme Decke aus dem Kofferraum des Wagens geholt hatte.

Über die Baumspitzen fielen tanzende Sonnenstrahlen, und die Sonne spiegelte sich auf dem Teich wider. Sie verwandelte ihn in ein glitzerndes Schauspiel aus unzähligen umherhuschenden Funken und erwärmte langsam den Boden. Ein sanfter und prächtiger Sommermorgen war angebrochen.

Unter der warmen Decke herrschte nach einem liebevollen ‚Guten Morgen' bald wohlige Wärme, und meine Liebkosungen brachten das Feuer heftig zum Lodern. Kirsten gab angesichts der Tatsache, was sie entdeckt hatte, die Flamme weiter.

Irgendwann lagen wir beide, rundum zufrieden, eng aneinander gekuschelt unter der Decke und beobachteten, wie die Natur langsam zum Leben erwachte.

„Wie denkst du darüber?", fragte sie unerwartet. „Wollen wir morgen gemeinsam meine Großmutter besuchen?"

Wir verließen die Schnellstraße und bogen in eine kleine Land-
straße ein. Nach etwa zehn Minuten erreichten wir schließlich
das Dreihundertseelendorf. Fast ein Niemandsland, so einsam
war es hier. Die Zeit schien hier stehengeblieben zu sein. Nach
und nach seien, so erzählte Kirsten mir auf der Fahrt hierher,
viele der jungen Menschen von hier fortgegangen und in die
nächst größere Stadt gezogen.

„Genau dort ist ein kleiner Tante-Emma-Laden", Kirsten
wies mit dem Kopf auf ein weißes Haus an der Hauptstraße. Sie
schaltete in den zweiten Gang und fuhr langsam an dem Gebäude vorbei. „Großmutter war mit mir oft hier unten und hat
ihren Wocheneinkauf dort getätigt. Die Besitzerin, sie hieß,
glaube ich, Irene Kamprecht, öffnete selbst dann noch einmal,
wenn dir abends einfiel, dass dir der Zucker ausgegangen war."

Die Erinnerung daran hatte ihr ein Strahlen aufs Gesicht gezaubert. „Ob Frau Kamprecht noch lebt? Sie hatte, ehe auch
ich vor vielen Jahren ging, längst ein stolzes Alter."

Kirsten lenkte den Wagen von der Hauptstraße auf einen
steinigen Weg, der bergauf führte. Schon von Weitem konnten
wir das Haus sehen. Ich atmete tief durch. Welch ein komi-
sches Gefühl, ging es mir durch den Kopf, was hatte ich nur mit
meiner Frage nach ihrer Familie in der Nacht am See ausgelöst?
Mit so etwas Niederschmetterndem hatte ich gewiss nicht gerechnet. Dass jedoch etwas im Argen lag, das spürte ich. Aber
sowas? Ein Kindheitstrauma dieser Art, das konnte man nicht
einfach mal so wegstecken.

Auf der Anhöhe angekommen, blickte ich auf ein kleines ge-
mütliches Einfamilienhaus mit einem davor liebevoll angeleg-

ten Blumengarten. Direkt daneben stand eine große Linde. Hunderte von Vögeln hockten auf den Zweigen.

Den Wagen hatte Kirsten neben der Linde auf einem Schotterweg zur Garage hin abgestellt. Unvermittelt nahm sie meine Hand und drückte sie. „Du bist neugierig", meinte sie, „und nervös." Ich verschränkte die Finger in ihre. Eine offene Geste, die Kirstens Augen kurz aufglühen ließen.

Um das Haus herum gab es nur Wiesen, Bäume und eine atemberaubende Aussicht. Ich stand neben dem Wagen und schaute in die Ferne. Indes holte Kirsten einen Blumenstrauß aus dem Fahrzeug und legte ihn auf das Dach.

Als sie mich immer noch dort so stehen sah, lächelte sie und kam auf mich zu. Sie schlang von hinten ihre Arme um mich und legte ihren Kopf auf meine Schulter. „Wunderschön, nicht wahr?", flüsterte sie mir ins Ohr.

„Ja, das ist es wirklich", lächelte ich.

„Hier habe ich eine relativ unbeschwerte Kindheit verbracht." Sie küsste meine Schläfe.

Wir gingen ein Stück um das Haus herum, das von einer hohen Hecke umgeben war. Nur wenige Meter davon gab es einen kleinen Bachlauf, der sich durch die Wiesen schlängelte. Klares Wasser glitzerte in der Sonne. Ich hockte mich hin und hielt die Hände hinein. Das eiskalte Wasser tat gut.

Schelmisch grinsend kam mir eine Idee. Ich stand auf und stellte mich direkt hinter Kirsten. Dann schob ich meine Hände unter ihr Shirt. Vor Schreck nach Luft schnappend drehte sie sich zu mir um und sah, wie ich sie frech angrinste. „Du kleines Biest. Warte ab, wenn ich dich kriege."

Lachend lief ich auf einer großen Wiese davon und Kirsten jagte mir nach. Im Nu wich ich ihr aus, aber irgendwann hatte sie mich doch und warf mich zu Boden ins hohe Gras. Japsend lag ich unter ihr und schaute ihr in die Augen.

„Du kleines Scheusal", feixte sie und beugte sich zu mir hinunter. Ihre Augen funkelten und ihr Atem ging schnell.

Wir fixierten einander, während ihr Gesicht dem meinen näher kam. Um uns herum die Luft prickelte. Und es fühlte sich an wie in einem Vakuum, in dem es keine Zeit mehr zu geben schien. Kurz bevor ihre Lippen die meinen getroffen hätten, hielt sie inne. Sie legte ihre Stirn auf meine, schloss die Augen und rieb ihre Nase sanft an meiner, während sie sagte „Else hat uns sicher schon gesehen, lass uns zu ihr gehen".

Als wir vor der Haustür standen und darauf warteten, dass ihre Großmutter öffnete, schaute ich mir dieses rege Treiben in der Linde an. Ob von den vielen dort, die lustig durcheinander sangen, wirklich noch einer zu Wort kam und sich direkt mit einem anderen unterhalten konnte?

Eine Großmutter hatte ich mir immer wieder anders vorgestellt. Vor Allem, wenn sie auf dem Land lebte. Gab es überhaupt die typische? Die Dame, die uns nämlich gerade die Tür öffnete, war alles andere als die „Oma", von der immer alle sprachen. Sie war mit ihren fünfundsiebzig Jahren außerordentlich attraktiv und trug zeitlos moderne Kleidung.

„Da seid Ihr ja endlich", begrüßte uns Else. „Ich warte schon auf euch." Sie freute sich sehr über den Strauß in „Sonnengelb", den wir ihr mitgebracht hatten.

Else stellte sich als äußerst warmherzige und freundliche

Frau heraus. Und schon nach dem ersten Blick in die lachenden braunen Augen verlor ich meine anfängliche Scheu. Als ich ihr folgte, standen wir in einem großen Wohnraum. Ein moderner Kamin bildete den Mittelpunkt.

Obwohl das Haus von außen her sicher noch aus den Fünfzigern stammte, überraschte einen der veränderte Innenausbau. Im Hintergrund lief aktuelle Musik. Vor dem dortigen Kamin standen zwei gemütliche und edel aussehende Sofas, eine seidengrau glänzende Küche war in den Raum integriert, die durch eine Theke abgegrenzt war. Das passte genau zu der Frau, die mir vor ein paar Minuten noch die Haustür öffnete.

„Bei diesem schönen Wetter sollten wir auf die Terrasse rausgehen, oder?" Else verschwand hinter der Theke und bereitete den Kaffee zu. Das Ganze wirkte wie aus einer Wohnzeitschrift entsprungen. Hier war alles perfekt. Induktionsfeld, ein hochwertiger Kaffeevollautomat. Entfernt erinnerte ich mich an die geschmackvolle Inneneirichtung von Kirsten, als sie mich das erste Mal zu sich nachts eingeladen hatte.

Wenn ich diese beiden Einrichtungsstile sah, so bestärkte es mich in meiner Ansicht, dass Kirsten sicher besser in einer Penthousewohnung aufgehoben wäre. Was zum Kuckuck machte sie in dieser kleinen Wohnung in meinem Viertel? Sie konnte sich bei ihrem Beruf und Erfolg sicher Besseres leisten.

Kirsten griff nach meiner Hand und führte mich zu einem Highboard an der anderen Seite des Raums. Sie zeigte mir ein Bild auf der Anrichte, das ein Kind zeigte, das unglücklich in die Kamera blickte.

„Das bist doch nicht du?", neckte ich sie. „Du hast so ein bezauberndes Lächeln. Das war das erste, in was ich mich verliebt hatte."

„Es gab Zeiten, da war ich nicht fotogen", grinste Kirsten und stupste mir mit dem Zeigefinger auf die Nase. „Ich habe fotografieren gehasst."

„Der Kaffee ist fertig. Wir können auf die Terrasse gehen." Else stellte Tassen mit Kaffee auf ein Tablett und steuerte damit auf die Terrassentür zu.

Als wir nach draußen traten, wollte ich kaum meinen Augen trauen. Wohin mein Blick auch fiel, wunderschöne Pflanzen, Steinfiguren und in der Mitte ein Gartenteich.

Else stellte das Tablett auf einem Tisch aus Rattan ab und bat uns, Platz in den Korbstühlen zu nehmen. „Du bist also Lis", lächelte sie mich an und reichte mir eine der drei Tassen, „von der mir meine Enkelin schon so viel erzählt hat. Genau so habe ich mir dich vorgestellt. Und sie hat nicht untertrieben."

Bei dem Kompliment, was mir ihre Großmutter aussprach und mir schon fast peinlich war, verfärbte sich mein Gesicht dunkelrot.

„Ich hatte von Anfang an den Eindruck, dass Kirsten dich mehr als nur gerne hat", sagte sie sanft, während sie mir ein großes Stück Erdbeerkuchen auf den Teller legte. „Ich bin so glücklich darüber, dass sie endlich ihr Glück gefunden hat."

Else war eine äußerst modern eingestellte Frau. Neben dem ‚Ich gehöre quasi zur Familie' erfuhr ich, wie Kirsten nach dem tragischen Unfall den ganzen Lebensmut verlor und Else sie als Kind bei sich aufgenommen hatte. Alles ergänzte sich letztendlich: Für Kirsten war es sehr schwer, das traumatische Erlebnis zu verarbeiten.

Else war die Nächste nach Bruno Biermann. Dieser überließ es mit einem äußerst geschickten Schachzug Kirsten, es mir eines Tages persönlich zu sagen. Es verfolgte sie sicher noch heute. Man konnte nun hoffen, dass der altbewährte Spruch „Zeit heilt alle Wunden" auch auf meine Liebste zutreffen würde. Der Zeitpunkt, als ich zu Else sagte, dass ich Kirsten hier gerne ein Leben lang zur Seite stehen würde, ließ auch meiner Liebsten das Gesicht dunkelrot verfärben.

Auf dem Heimweg im Auto bemerkte ich, dass Kirsten mich von der Seite beobachtete. Ein Grinsen lag auf ihrem Gesicht.

„Weswegen grinst du mich so an?", wollte ich wissen und knuffte sie freundschaftlich in die Seite.

„Wie findest du Großmutter?"

„Sie ist einfach klasse", musste ich auf ihre Frage zugeben. „Wie lange weiß sie schon von uns?"

„Seit dem Tag, als du mit deinem Wagen in meinen rein gefahren bist." Sie konnte einen erleichterten Seufzer nicht unterdrücken. „Es war dein Verdienst, dass Ihr euch jetzt endlich kennengelernt habt."

Erschöpft von dem Nachmittag bei Else ließen wir uns in der Wohnung von Kirsten auf die Couch fallen. Ich bettete meinen Kopf in ihren Schoß und sie begann mir sanft übers Haar zu streichen. Kirstens Nähe tat mir so gut, und das spürte ich immer wieder in solchen Momenten.

„Glaubst du an Schicksal?", fragte Kirsten mich auf einmal. „Ich weiß, dass das Leben keiner meiner Filme ist. Aber ich glaube durchaus an Schicksal. Und ich glaube daran, dass wir

Menschen uns nicht grundlos begegnen. Manche Begegnungen enden mit einem Happy End." Auf meinen fragenden Blick hin fügte sie hinzu: „Es war vorherbestimmt, dass wir uns treffen sollten. Verstehst du was ich meine?"

Während ich ihr zuhörte, spürte ich, wie meine Augen immer schwerer wurden und sie nur noch mit Mühe offenhalten konnte. „Wundervolle Worte", murmelte ich und wollte für einen kurzen Moment die Augen schließen. Aber kaum hatte ich das getan, so fiel ich auch schon in einen tiefen, traumlosen Schlaf.

Kapitel 8

Du bist mein Zuhause

Der Montagmorgen begann mit einem Desaster. Als Erstes hatte ich verschlafen. „Verdammt, ich bin zu spät", rief ich und stürzte ins Badezimmer. Ich versuchte mich hektisch an meiner Morgenroutine und erhaschte kurz einen Blick in den Spiegel.

Wie ich aussah, dachte ich und sah die blutunterlaufenen Augen und fahle Haut. Für das, was ich über das Wochenende alles hinter mich gebracht hatte, wirkte ich noch recht lebendig. Rasch riss ich mich vom Anblick im Spiegel los und rauschte zurück ins Schlafzimmer.

Kirsten hatte sich noch keinen Millimeter bewegt. „Was machst du denn für einen Krach?", nuschelte sie. Sie blinzelte und sah zu mir auf.

„Sehe ich wirklich so schlimm aus, wie ich mich fühle?", fragte ich murrend und setzte mich zu ihr auf die Bettkante. „Ich muss mich beeilen, hätte schon längst im Büro sein müssen."

Kirsten war zu beneiden. Sie musste zwar auch noch ins Atelier, aber zeitlich wohl um einiges nach mir. „Ich will dir nicht zu nahetreten, aber du siehst aus, als hätte dich ein Traktor überrollt", grinste Kirsten, obwohl sie selbst noch nicht ganz wach war.

Fassungslos sah ich sie an. Auf den Mund war sie genauso wenig gefallen wie ich. „Wenn du etwas mehr Mitleid hättest, würdest du deiner Liebsten noch rasch einen Kaffee zubereiten, damit sie wieder lebensfähig wird", konterte ich. Es war ein Wunder, dass ich so schlagfertig reagieren konnte, obwohl ich mich wie durch den Fleischwolf gedreht fühlte. „Ich müsste mich eigentlich noch schminken."

Kirsten lachte. „Glaube mir, das bringt heute nichts mehr", betonte sie.

Franziska hatte sich einen Instantkaffee gemacht, den sie immer trank und war auf einen kurzen Plausch zu mir ins Büro gekommen. Sie sank auf den Besucherstuhl vor mir und ließ drei Würfel Zucker in den Becher plumpsen, auf dem ihr ein eine Grimasse ziehender Vogel entgegenlächelte mit dem Text „Der frühe Vogel kann mich mal". Meist rührte sie so heftig, dass das Getränk fast über den Rand geschwappt wäre.

Ich blickte kurz auf, als sich die Tür zu meinem Büro öffnete. „Komm sofort in mein Büro!", verlangte Lasse Blomquist in einem Tonfall, den ich von ihm nicht kannte.

Franziska zuckte zusammen, als er so in der Tür stand. Jetzt also war es soweit, genau wie ich es immer befürchtet hatte. Das Getränk schwappte über und direkt auf die Hose. Sie hob den Blick und sah mich durch ihre randlose Brille hindurch an.

Mühevoll versuchte ich meine Gesichtszüge zu ordnen, denn gegenwärtig stimmten sie nicht mit dem Foto aus meinem Ausweis überein. Das Wochenende war anstrengend genug. Zuerst verschlief ich, und zu allem Übel musste ich mich auf der Fahrt schminken. Die Nacht war zu kurz, viel zu kurz.

Lasse schien offensichtlich in übelster Laune zu sein. Und dass er mich gerade heute zu sich zitieren musste, trug nicht unbedingt dazu bei mich aufzuheitern. Wie ließ sich üblicherweise die Stimmung an einem Montagmorgen beschreiben? Trübe wäre ein guter Begriff, aber stark untertrieben.

„Warum hast du mir den Quartalsbericht noch nicht zukommen lassen, den ich von dir verlangt hatte?", meckerte mich Lasse an und wippte unruhig auf seinem bequemen Chefsessel vor und zurück. „Also lass dir eine verdammt gute Entschuldigung einfallen."

Der Quartalsbericht? Was ging denn hier ab? Obwohl ich nicht ganz fit war, war ich mir ganz sicher, dass ich ihm diesen bereits vor vierzehn Tagen auf den Tisch gelegt hatte. „Der müsste dir seit zwei Wochen vorliegen", antwortete ich unsicher.

Lasse lachte spöttisch und deutete auf seinen leeren Schreibtisch. „Siehst du die Akte hier liegen?"

„Ähm, nein", sagte ich und spürte ärgerlich, wie sehr mich

die Situation gerade durcheinanderwarf.

Lasse lehnte sich zurück und sah mich verachtungswürdig an. „Lis, Ich habe ja nichts dagegen, dass du heute wieder später gekommen bist. Und was du in deiner Freizeit treibst, interessiert mich auch nicht. Aber die Arbeit sollte darunter nicht leiden. Wenn dem so ist, würdest du eventuell mit Konsequenzen rechnen müssen. Franz bist du schon lange ein Dorn im Auge. Er wartet nur darauf, dass du einen Fehler begehst." Eine Pause folgte. „Und ich kann dich nicht immer decken."

Bis auf Franz, dem Geschäftspartner von Lasse, hielten mich alle für verlässlich. Warum kam Lasse auf einmal mit diesem dummen Spruch, dass er mich immer decken müsse? Unfassbar. Er hatte noch nie jemanden gedeckt. Lieber zog er vor ihm den Schwanz ein und hoffte, dass der Sturm vorüberging, ohne seine Frisur durcheinanderzubringen.

Mit einem Male kam mir eine Idee. Ich stürzte hinaus auf den Flur. Lasse, der es nicht gewohnt war, dass man ihn stehen ließ, rührte sich nicht.

Das Büro von Franz war immer noch leer, wie üblich dehnte er das Wochenende aus. Montags kam er meist nicht vor der Mittagspause. Was für mich heute natürlich von Vorteil war. Ich warf kurz einen Blick auf seinen Schreibtisch, fand aber nichts. Obwohl ich Schritte auf dem Flur hörte, öffnete ich die oberste Schublade. Und dort lagen gleich mehrere Berichte. Geordnet nach Datum und Uhrzeit des termingerechten Ausdrucks sowie mit meinem Namenszeichen versehen.

„Das hätte ich Franz wahrlich nicht zugetraut", murmelte Lasse. Er stand vor mir und schnappte nach Luft, während ich ihm die Akten reichte.

„Und, was ist mit den Konsequenzen?", fragte ich und spürte die Genugtuung in meiner Stimme. „Meinst du nicht, wir sollten reden?"

„Ja, das sollten wir." Er griff mechanisch nach den Akten und verließ mit gesenktem Kopf das Büro.

Ich war froh, dass dieser Waschlappen von Chef, den ich hatte, endlich Farbe bekennen musste. Und nun, da er in dieser Zwickmühle steckte, war ich gespannt, was er jetzt unternehmen würde. Ich würde nicht nachgeben!

„Willst du einen Kaffee?", fragte er mich, als er hinter mir die Tür schloss. Lasse goss Kaffee in eine Tasse, gab zwei Stücke Zucker und Milch dazu und reichte mir die Tasse.

Derweil ich einen Schluck nahm und den Geschmack des frisch aufgebrühten Kaffees genoss, beobachtete ich, wie Lasse eine nach der anderen Akte überflog. Obgleich es kühl im Büro war, erfasste ich Schweißperlen auf seiner Stirn, die ihm langsam übers Gesicht bis hinunter zum Kinn rannen. Ihn so zu sehen, war schon eine gewisse Genugtuung für mich, und ein leichtes Grinsen machte sich in mir breit.

„Denkst du nicht, es wäre eine Entschuldigung fällig?", fuhr ich ihn an. „Ich höre? Du weißt, dass ich mit eine deiner besten Mitarbeiterinnen bin. Warum kannst du dich bei Franz nicht einmal durchsetzen? Ihr seid gleichberechtigte Teilhaber an der Firma. Seit geraumer Zeit bin ich es nun, die Franz ein Dorn im Auge ist. So geht es Reihum mit fast jedem deines Teams. Und exakt durch dieses hast du einige deiner fähigsten Leute gehen lassen müssen, weil er ihnen Steine in den Weg legt."

Lasse hob den Arm und wollte mich unterbrechen. Aber ich sprach einfach weiter und deutete auf die Aktendeckel. „Der Beweis liegt vor dir. Es steht die Frage im Raum, warum du ihn ständig mit Samthandschuhen anfasst? Ist das deine Vorstellung von erfolgreicher Geschäftsführung?"

Lasse saß da wie ein kleiner Schuljunge, der hoffe, dass ihn die Lehrerin endlich aufrufen würde. Schade, dass ich ihn jetzt so nicht fotografieren konnte.

Er suchte nach passenden Worten. „Es ist nicht von der Hand zu weisen, was du da sagst. Aber was soll ich denn machen? Ich habe nicht die finanziellen Mittel ihn auszubezahlen, um die Firma selbst weiterzuführen."

„Du kannst auf uns setzen und gewinnen", sagte ich mit klopfendem Herzen. „Aber du kannst auch so weitermachen wie bisher: mit Franz - und verlieren."

Meine Liebste stand mit dem Rücken zu mir am Herd, und ich blieb kurz stehen, um sie zu betrachten. Ich war überrascht, sie bereits dort anzutreffen. Sie war dabei die Spaghetti im Topf zu rühren. Direkt daneben im Wok garten Meeresfrüchte vor sich hin, die mehr als einladend dufteten.

„Nanu, schon so früh da?", fragte ich. Ich war von hinten an sie herangetreten und zog genüsslich den Geruch der Meeresfrüchte durch die Nase.

Kirsten drehte sich um und schenkte mir für das, was ich ihr mitbrachte, ihr wunderschönstes Lächeln. Auf dem Heimweg nach der Arbeit hatte ich noch an einem Blumenladen Halt gemacht. Die Verkäuferin dort musterte mich sehr kritisch, als ich sämtliche dunkelrote Rosen, die ich finden konnte, vor ihr auf die Ladentheke legte. Wenn es nach meinem Herzen gegangen wäre, hätten alle Rosen der Welt nicht ausgereicht, um ihr damit zu zeigen, wie tief ich für sie empfand.

Mein Herz begann zu rasen, als ich sie ihr reichte. Es war schließlich das allererste Mal, dass ich langstielige rote Rosen für eine Frau kaufte. Bekam ich selbst überhaupt schon einmal welche geschenkt? Das war eine gute Frage.

Wir standen ganz dicht voreinander. Sie legte die Fingerspitzen auf meine Wange und fuhr mit ihren Fingern durch mein kurzes Haar, auch leicht über die Schläfen. Schließlich küsste sie mich zärtlich auf den Mund.

„Danke", flüsterte sie mit tränenerstickter Stimme und versteckte ihr Gesicht in den Rosen. Sie dufteten angenehm zart und schienen sie kurz von ihrer Verwirrung abzulenken. „Nie zuvor hat mir ein Mensch so intensiv seine Liebe gezeigt wie du. Mir fehlen die Worte."

„Du solltest sie besser ins Wasser stellen", sagte ich sanft. „Danach helfe ich dir beim Kochen, okay?"

Kirsten kramte unter der Spüle herum und suchte eine Vase. Ich umschlang ihre Taille, drückte ihr einen Kuss auf den Nacken und legte mein Kinn auf ihre Schulter. Sie füllte eine große Vase mit Wasser und beschäftigte sich damit, die langstieligen Rosen zu arrangieren.

„Wie war dein Tag heute?", fragte Kirsten, als ich damit anfing ihr federleichte Küsse hinter ihrem Ohr zu platzieren. Ich knabberte an ihrer Ohrmuschel und sie begann schwerer zu atmen. „Anstrengend", hauchte ich. „Ich hatte große Diskussion mit meinem Boss. Aber in deiner Nähe ist alles andere zuvor ausgelöscht. Du machst mich glücklich."

Sie erschauderte, als sie meinen warmen Atem an ihrem Ohr spürte. Sie war so empfindlich unter meiner Berührung, dass sie ihren Rücken durchbog, als ich die Hände von ihrer Taille löste und ihr Rückgrat entlangfuhr, selbst durch die Kleidung. Ihr schien heiß und kalt zu sein und hörte mit einem Mal auf sich weiter um die Rosen zu kümmern.

Stattdessen drehte sie sich wieder zu mir um. Kirsten warf den Kopf nach hinten um ihre Kehle zu präsentieren. Diese Einladung lehnte ich nicht ab und bedeckte sie sofort mit heißen Küssen. Meine warmen Hände wanderten vorsichtig unter ihr Shirt. Sie erforschten ihren Oberkörper, malten jeden Zentimeter nach, umfuhren ihre Brüste und strichen an ihren Armbeugen entlang. Kirsten erschauderte einmal mehr.

„Ah, Lis", hauchte sie, als ich unter den Stoff ihrer Unterwäsche fuhr und leichten Druck auf die Brüste ausübte. „Was machst du? Sollten wir nicht wenigstens zuerst essen?"

Das Thema Essen hatte sich erst einmal erledigt. Wir waren im Bett gelandet. Kirsten hatte trotz aller Überzeugungskraft, mich davon abzubringen, auf ganzer Linie verloren. Gott sei Dank hatten wir wenigstens noch den Herd ausgeschaltet.

Ich wusste, dass Kirsten das, was gerade geschehen war, genauso genossen hatte wie ich. Und ich fühlte mich glücklich. Ein Lächeln lag auf meinen Lippen, ehe ich einschlief, die Arme immer noch um sie gelegt.

Dienstagmorgen. Ich erwachte und fühlte mich fürchterlich. Das Zwitschern der Vögel drang durch das offene Fenster und warme Sonnenstrahlen strömten in das Zimmer. Meine zweite Wahrnehmung war, dass ich noch in Kirstens Armen lag, die schützend um mich geschlungen waren.

Ich könnte sie jetzt mit einem zärtlichen Kuss wecken, sie streicheln, langsam und behutsam. Meine Hand schwebte Millimeter über ihrem Gesicht, aber ich berührte es nicht. Es würde eh Zeit für mich aufzustehen, da ich zur Arbeit musste. Überdies wollte ich sie nicht wecken.

Während ich sie noch für einen Moment so betrachtete, dachte ich erneut, dass Kirsten meine Welt richtig auf den Kopf gestellt hatte. Sie war die erste Frau in meinem Leben. Und es war eigenartig, ich dachte daran, mich auf unbestimmt lange Zeit hin zu binden.

Als ich im Bad mein Gesicht gegenüber im Spiegel betrachtete, sah ich genauso aus, wie ich mich fühlte. Nicht anders als gestern, schoss es mir durch den Kopf. Über Nacht waren da plötzlich hunderte Fältchen mehr und meine Haare hatten beschlossen, nach allen Seiten hin abzustehen.

Das Duschen sollte mich eigentlich frisch in den Tag bringen. Ich stand unter dem Wasserstrahl, drehte die Temperatur von warm auf heiß, schließlich mit Überraschungseffekt auf kalt runter. Nach einiger Zeit war mein Körper völlig aufgeweicht, fühlte sich aber immer noch zerschlagen und unwirklich an. Dabei müsste es mir doch relativ gut gehen.

Der gestrige Tag im Büro mit Lasse war ziemlich anstrengend, aber der Ausklang umso schöner. Selbst, wenn auch aus dem Essen nichts mehr geworden war.

Als Nächstes führte mich mein Weg hastig in die Küche, wo ich begann, mein Frühstück zuzubereiten. Mit dem Drücken der Taste verschwand der Vollkorntoast im Toaster. Anschließend brüllte der Vollautomat nach „Schalte mich ein, damit ich dir Nervensäge endlich deine Tasse Crema zubereiten kann".

Im Kühlschrank suchte ich nach der H-Milch sowie Belag für den Toast. Der Kühlschrank gab nicht so viel her heute Morgen. Aber es war okay so. Wichtig war meine erste Tasse Kaffee, vielleicht half die mir ein wenig in die Gänge zu kommen.

Als ich meinen Blick zur Seite wandte, sah ich Kirsten, die in der Küchentür stand, mit der Schulter an den Türrahmen gelehnt, die Arme vor der Brust verschränkt. Nackt.

Meine Augen weiteten sich und ich zog die Augenbrauen hoch. Zur selben Zeit sprang die Toastscheibe aus dem Toaster. In Gedanken bei Kirsten griff ich danach und verbrannte mir die Finger. „Autsch", brummte ich vor mich hin und ließ die Scheibe auf den Teller fallen.

„Habe ich noch deine Aufmerksamkeit? Sieht irgendwie ganz danach aus", feixte sie, als sie gesehen hatte, wie die Toastscheibe auf den Teller geflogen war.

Die hatte sie wahrlich.

Kapitel 9

Crème de la Crème der Modewelt?

Die Messe Frankfurt gehörte zweifellos zu dem größten Gastgeber für Veranstaltungen. Modelabels mit exklusiver Designermode wurden auch hier präsentiert. Wenn ich an Modeschauen dachte, schoss mir die Weltstadt Paris in den Kopf. Dort traf sich die Crème de la Crème der Fashionwelt und präsentierte ihre neuesten Styles. Sicher war die Fashion Week in Paris eine von den großen Vieren neben Mailand, London und New York.

Seit ich Kirsten kannte, war ich gezwungen völlig umzudenken. Eigentlich war ich das generell. Das Thema Mode interessierte mich bislang nur relativ wenig. Denn das, was mir gefiel, kaufte ich mir, egal, ob es gerade topaktuell war oder nicht.

Mit einem Mal änderte sich alles. Kirsten ließ mir einen Einblick in die Modewelt zuteil werden. Sie nahm mich oft mit in ihre heiligen Hallen, zu dem nur die wenigsten oder niemand Zutritt hatte. Ich fand es sogar irre spannend, ihr dabei über die Schulter zu sehen, wie sie die letzten Vorbereitungen für ihren Auftritt in Frankfurt traf. Auch wenn es „nur" Frankfurt war, wie es ab und an über ihre Lippen kam, war ich verdammt stolz auf sie.

Sicherlich tummelten sich nicht nur auf den großen Vier zahlreiche Stars und Sternchen, sondern einfach alles was Rang und Namen hatte. Und jeder wollte bei solch einem Event dabei sein. Nicht nur zuschauen. Wie bei der Veranstaltung, wo ich neben Bruno Biermann auch Xavier Morel und Eva-Helene van Houten kennenlernte, war es ein Ort, wo so mancher gerne beeindrucken wollte. Wem es aus diesen Massen gelang aufzufallen und auf sich aufmerksam zu machen, konnte sich im Anschluss so manchem ertragreichen Auftrag gewiss sein. Eva-Helene van Houten war es ganz sicher gelungen hervorzustechen. So jemand wie diese ältere Dame, die in meinen Augen eine extravagante Zicke war, war mir nie zuvor untergekommen. Ich wünschte mir, dass sie mir so schnell nicht wieder unter die Augen treten würde. Aber ich mutmaßte, der Wunsch war Vater des Gedankens. Denn schließlich war sie auf vielen Modeschauen präsent. Der Termin in Frankfurt stand bevor, und Bruno Biermann äußerte sich schon, dass sie dabei sei. Und ihr aus dem Weg gehen? Ob das überhaupt ging?

Starke Magenbeschwerden bereitete mir Bernd. Dass er jetzt Geschäftspartner, wenn auch nur finanziell, von Bruno Biermann war, war kein gutes Omen.

Schminken, föhnen, umziehen. Jede Menge Trubel herrschte hinter den Kulissen auf der Fashion Week in Frankfurt. Viele hübsche Mädchen und junge Männer eilten an uns vorüber, hatten oft nur wenige Sekunden zum umkleiden.

Während an manchen Models gleichzeitig mehrere arbeiteten, um Haare, Nägel und Kleidung herzurichten, tummelten sich neben den Models auch noch Fotografen, Journalisten und die Designer selbst im Backstage.

Kirsten beobachtete die Visagistin beim Zurechtmachen eines ihrer Models. Sie hatte scheinbar keine Ahnung, was sie mit seiner Frisur vorhatte. „Wenn Sie so weitermachen, sieht er gleich so aus wie an einem Bad Hair Day", murrte Kirsten leicht genervt, nahm ihr die Rundbürste aus der Hand und wurde selbst aktiv. Sie benutzte beide Hände, fuhr ihm durch die Haare und zerzauste diese. „Er muss toll aussehen zu dem Outfit, was er von mir präsentiert, Heather. Haben Sie doch etwas mehr Vertrauen in Ihre Fähigkeit. Ich weiß, dass Sie das können."

Kirsten zupfte anschließend noch ein wenig an seinem Outfit herum, ehe er Richtung Laufsteg verschwand.

Ich wusste, wie sehr Kirsten unter Stress stand und verließ den hektischen Bereich Richtung „vor den Kulissen". Dies alles kannte ich nur aus dem Fernsehen. Sich so etwas live anzuschauen, war etwas ganz anderes.

Hektik und Trubel, wohin das Auge sah. So suchte ich mir einen Platz, von dem ich gemütlich und mit dekorativem Weinglas in der Hand die Menschen um mich herum beobachten konnte. Schon lange drängelten sich die Gäste zu beiden Seiten des Laufstegs. Fotografen und Kameramänner drückten sich höflich an irgendwelchen Ehrengästen vorbei, um in die vorderste Reihe zu kommen.

Die Musik um mich herum dröhnte, dann wurde sie in der Lautstärke gedämpft. Der Hauptscheinwerfer war für kurze Zeit auf den Moderator gerichtet, der immer wieder seine Lippen bewegte und die passenden Ansagen ins Mikrofon tätigte.

Dann löste sich der Scheinwerfer und schwenkte zum Eingang. Die Musik setzte wieder ein, tosender Applaus folgte, als die nächsten Models den Laufsteg betraten. Zwei exquisit gekleidete Jünglinge schritten vorwärts an die Zuschauer heran.

Ich war mir hundertprozentig sicher, dass die meisten weiblichen Zuschauer die Luft bei ihrem Anblick anhielten, wenn sie die Chance hätten, mit diesen Models auch nur einmal ausgehen zu dürfen. Die Fernsehleute waren bereits in Aktion. Die Models präsentierten nicht nur die Frontseite. Die beiden Männer gingen mit leicht wiegendem Schritt, von dem Xavier jetzt ganz sicher begeistert wäre, unter den ihnen folgenden Scheinwerfern bis ans Ende des Laufstegs. Neuerlicher Applaus. Dort blieben sie für einen Moment stehen und warfen unglaublich selbstbewusste Blicke in das Publikum.

Eine neue Beifallswelle kam von Podiumseingang herüber, als zwei weitere Models den Steg betraten. Ich nippte an meinem Wein und bereitete mich darauf vor, zurück zu Kirsten in den Backstage Bereich zu gehen.

Als ich dort angekommen, mit dem Weinglas in der Hand, in der Nähe von Kirsten stand, die abermals Hand an eines der Models anlegte und dabei Heather weitere Tipps gab, rannte ein Fotograf auf mich zu, nur um hinter der Bühne die Verwandlung eines Models aufzunehmen.

„Gottverflucht, können Sie nicht aufpassen?", knurrte ich mit zusammengebissenen Zähnen und versuchte ihm auszuweichen. Aber im Gang war es zu eng. So prallten wir unausweichlich zusammen, der Wein schwappte über und traf hierbei meine Bluse.

Er stürzte zu Boden. Ich sah den entsetzten Blick des Fotografen, deren Automatik der Spiegelreflexkamera immer noch laut vor sich hin schnatterte und weitere Fotos, obwohl diese am Boden lag, schoss.

Dass es so hektisch sein würde, hätte ich mir wahrlich nicht erträumen lassen. Der Backstage wimmelte nur so von Fotografen wie diesem hier, den ich im wahrsten Sinne des Wortes zu Fall brachte und ihm schließlich wieder aufhalf. Es gab ja nicht nur die Fotografen. Auch die Journalisten tummelten sich hier, die allesamt für eine gute Story den Modemachern nachjagten.

Als ich mich bückte und die Kamera aufhob, betätigte ich auf der Rückseite unbewusst das kleine Funktionsrädchen, mit dem unterschiedliche Modi für den Betrieb der Kamera möglich waren. Die Spiegelreflex schaltete auf die Wiedergabe von Fotos um. Und ich sah die gestochen scharfen Aufnahmen auf dem kleinen LCD-Monitor, die ich gedankenlos aktiviert hatte.

„Was zum Teufel ist das?", stammelte ich, als ich die Bilder sah. Die nächsten schockten mich. Sie zeigten mich und Kirsten in eindeutiger Pose, nachdem wir im Hotelzimmer eingecheckt hatten. Ich wusste, dass Daten auf Chipkarten gespeichert wurden, und mein nächster Gedanke war richtig, die Bilder mussten gelöscht werden.

„Kirsten, du solltest dir das anschauen." Ich ging von einem Foto zum nächsten, vergrößerte manches auf dem Monitor, spürte, dass Kirsten genauso verwirrt war wie ich.

Erschrocken machte der junge Mann, nachdem er wieder aufrecht vor mir stand, einen Schritt zurück.

„Für wen sollten Sie diese Fotos machen?" Kirsten packte ihn am Arm, als konnte sie spüren, dass er die Flucht antreten wollte. „Eine einigermaßen logische Erklärung sollte schon drin sein."

„Was ist denn hier los?" Bruno Biermann war an uns herangetreten und konnte noch einen kurzen Blick auf eines der Fotos erhaschen. Er bemerkte, was in uns vorging, und in welch einer misslichen Lage wir uns befanden.

Er wandte sich dem Fotografen zu. „Reden Sie, bevor ich mich dazu gezwungen sehe, die Polizei zu verständigen und Anzeige zu erstatten."

Als der Fotograf das Wort Polizei hörte, wurde er sichtlich nervös und machte einen Schritt zurück. Man konnte ihm im

Gesicht ansehen, dass er nicht wusste, wie er aus dieser Nummer wieder rauskommen sollte. Dann murmelte er: „Holen Sie bitte keine Polizei. Ich werde Ihnen ja sagen, was Sie wissen wollen. Allerdings wird es nicht viel sein."

„Jetzt sind wir aber mal gespannt." Kirsten musterte ihn, die Arme vor der Brust verschränkt, und mit dem rechten Zeigefinger trommelte sie auf dem linken Oberarm herum.

Man sah, dass sich Schweißperlen auf seiner Stirn bildeten und dann über sein Gesicht flossen, während ich weiter die Bilder auf der Speicherkarte durchforstete.

Daraufhin begann er mit gesenktem Blick zu erzählen: „Vor einer knappen Woche erhielt ich abends einen Anruf von einem Unbekannten mit künstlich verstellter Stimme. Es ging um Fünftausend, die ich bekomme, wenn ich über Sie beide verfängliche Fotos anfertige."

Ich holte tief Luft, denn Kirsten und ich wussten sofort, dass er mit dem Wort „beide" uns meinte. Der Mann vor uns war höchstens Ende Zwanzig, unrasiert und trug eine zerschlissene anthrazitfarbene Lederjacke. Die Jacke hatte sicher schon bessere Tage gesehen, sie war vom Stil her eine, wie einst James Dean sie trug.

„Und wieso sind Sie darauf eingegangen?" Die Stimme von Bruno Biermann klang immer noch sehr ruhig, obgleich sein Gesichtsausdruck alles andere als Ruhe ausstrahlte. „Sie wissen nicht, wer Ihnen diesen Auftrag erteilt hat?"

Unser Gegenüber fühlte sich regelrecht in die Enge getrieben, holte ein Taschentuch aus der Jackentasche und tupfte sich damit die Stirn ab. „Nein. Er hat was gegen mich in der

Hand, so dass ich nicht ablehnen konnte."

Um nichts in der Welt mehr wollte ich die kommende Nacht in diesem Hotel verbringen. Das mit dem Fotografen heute hatte mir gereicht. Ich wollte nur noch nach Hause fahren.

„Ich bleibe nicht! Nicht für eine Millionen bar auf die Hand." Total durch den Wind, wie ich war, packte ich überstürzt meine Reisetasche. „Ich für meinen Teil checke heute noch aus. Bitte komm mit mir."

„Jetzt beruhige dich doch, Lis", versuchte mich Kirsten zu besänftigen. Sie stand jetzt dicht vor mir, umfasste mit beiden Händen mein Gesicht und sah mir in die Augen. „Wir haben die Speicherkarte, auch wenn der Kerl Hals über Kopf abgehauen ist."

Als wir aus der Aufzugstür im Untergeschoss der Tiefgarage des Hotels heraustreten wollten, stand zu unserer Überraschung Eva-Helene van Houten vor uns.

Sie hatte sich gerade eine Zigarette angezündet und wollte sich an uns vorbei in den Aufzug zwängen. Diese Frau hatte mir gerade noch zu meinem Glück gefehlt. Ich konnte mich nicht daran erinnern, sie heute auf der Veranstaltung gesehen zu haben. Bruno Biermanns Worte schossen mir dabei durch den Kopf, als er sagte, dass sie bei den meisten Fashion-Weeks dabei sei.

Nun ja, dachte ich so für mich, ein gutes Stöffchen gab es schließlich auch hier zu trinken. Ihr unlängst noch so modischer halblanger Haarschnitt war heute zerzaust und sehr unordentlich. Es sah aus wie ein Vogelnest. Eine Strähne war vor ihrer Nase, die sie aber nicht zu stören schien.

„Wohin so eilig, Schätzchen?", fragte sie fast spöttisch.

„Herrscht nicht in den Aufzügen auch strenges Rauchverbot?", giftete ich sie an. „Mir war, als hätte ich davon mal was gehört."

Was sie auf meine Bemerkungen auch von sich geben würde, es war mir gleichgültig. Ich hatte mit ihr keinen Vertrag, was das Zwischenmenschliche anging und machte auch keinen Hehl daraus. Sie tat das ja auch nicht, wenn ich an die Veranstaltung zurückdachte, wo ich ihr zum ersten Mal begegnete.

„Oh, wie charmant", hauchte sie mir, da wir nun direkt voreinander standen, ins Gesicht. Ihr Atem roch nicht nur nach Zigarettenrauch, sondern es gesellte sich auch Alkohol hinzu. Aus ihrem Mund kam ein wenig Sabber, weshalb ich erst einmal schlucken musste.

Ich wandte mein Gesicht angewidert ab. Der Gedankengang, diese Frau küssen zu müssen, holte in mir fast einen Würgereiz hervor. „Wahrscheinlich trifft das Verbot auch auf Alkohol zu."

„Was hast du denn da an deiner Seite, du Modeentwicklungswunder?", zischte sie und warf Kirsten einen abfälligen Blick zu. „Ich hätte dir was Besseres zugetraut, Püppchen."

Das saß! Kirsten bekam einen hochroten Kopf und ihre Augen begannen sich mit Tränen zu füllen. „Sie, Sie ekelhafte und hässliche Vogelscheuche, Sie…", stotterte sie. „Was bilden Sie sich eigentlich ein? Sie sind doch wirklich das Allerletzte!"

„Lass uns gehen", sagte ich zu Kirsten. „Diese Frau ist doch das Luftholen oder weitere Worte nicht wert."

„Wer ist hier das Allerletzte?" Die Zigarette hing Eva-Helene van Houten schlaff aus dem Mund. Sie hatte bereits den Aufzug betreten und den Knopf betätigt, als sie noch einmal kurz zu uns herüberschaute und ordinär rülpste. Alsdann schloss sich die Lifttür und sie war verschwunden.

Kapitel 10

Die Lawine beginnt zu rollen

Montagmorgen. Das Wochenende lag nun hinter mir, und es war das erste Mal, dass ich verhältnismäßig früh im Büro eintrudelte. Ich fand meinen Schreibtisch genauso vollgeladen vor, wie ich ihn am Freitag verlassen hatte. Kein Heinzelmännchen hatte sich erbarmt und war zwischenzeitlich gekommen, um mir die Arbeit erledigt vom Tisch zu schaffen. Ich seufzte.

Franziska war noch nicht da, stellte ich fest, als ich in ihr Büro schaute. Ungewöhnlich für sie, bestand unser Ritual frühmorgens doch immer darin auszutesten, wer schneller in der Firma war als die andere.

Nun ja, mich verwunderte das nicht, das gesamte Team litt schließlich unter der launigen „Chefetage". Lasse hatte, wie ich es ihm schon öfters gegen den Kopf knallte, keinen Arsch in der Hose, sich gegen seinen Geschäftspartner Franz Leonhardt durchzusetzen. Dabei hätten wir alle wirklich hinter Lasse gestanden. Aber Lasse wollte es halt so. Sich ständig damit zu entschuldigen, dass er ihn nicht auszahlen könne, war für mich mehr oder weniger eine Ausrede. Franz Leonhardt hielt auch ihm oft den Rücken frei, wenn er nach seinen abendlichen Eskapaden morgens nicht pünktlich in seinem Sessel saß. Da halfen auch Aspirin nichts, wenn er zu tief ins Glas geschaut hatte.

Zu meiner Verwunderung vernahm ich plötzlich Franz Leonhardt auf dem Flur entlangpoltern. Entlangpoltern traf es. Er war ein untrainierter schmieriger Mitvierziger, ein relativ großer Kerl mit Bierbauch und Hornbrille, wie sie einst in den siebziger Jahren modern waren. Wo er dieses Retro-Modell aufgegabelt hatte, entzog sich meiner Kenntnis.

Noch ekelhafter war, dass er ein Aftershave benutzte, das in einem Übelkeit aufkommen ließ. Was wiederum von Vorteil war, da man immer wusste, wo er sich gerade in der Firma aufhielt. Wenn er mal mit einem Infarkt zusammenbrechen würde, und das wäre bei seinem Lebenswandel nicht ausgeschlossen, bräuchte man keinen Suchhund, um ihn aufzuspüren. Wie es ihm gelang, sich eine Frau zu angeln, war mir ein Rätsel. Eine Frau, die zudem noch aus der Kombination Schönheit, Ausstrahlung und Intelligenz bestand.

Ich hatte mich gerade grummelnd in die verzottelten Probleme einer längeren und undurchsichtigen E-Mail-Korrespondenz vertieft, als die Tür aufging. Erstaunt schreckte ich hoch – und sah niemand anderen als Franziska, die mit tränenverschmierten Augen reinschaute. Ich klappte das Fenster des E-Mail-Postfachs runter in die Leiste, welches ich nebst anderen nebeneinander auf dem Bildschirm arrangiert hatte.

„Stör ich?"

Kein Pott Kaffee der Welt, den ich ihr reichte, sei er noch so stark, konnte meiner Kollegin ihr Leiden nehmen. „Wolfgang hat mich einfach so verlassen", schluchzte sie mir gegenüber. „Einfach so. Dass da schon länger was mit Veronika lief, ist mir nicht einmal aufgefallen."

„Mit deiner Schwester?", fragte ich sie und fiel dabei aus allen Wolken. „War sie nicht alle paar Tage bei euch zu Besuch?"

„Ja", Franziska nickte und wischte sich mit einem Taschentuch die Tränen aus dem Gesicht. „Es gab keine Vorzeichen, rein gar nichts."

Franziska war eine hübsche Frau von Anfang Vierzig, das leicht rundliche Gesicht wurde von blauen Augen beherrscht und blonden Locken umrahmt. Dass ich sie gegenwärtig so als ein Häufchen Unglück erleben würde, hätte ich nie gedacht. Sie stand immer mit beiden Beinen fest im Leben.

Erneut ging die Bürotür auf und Lasse schaute rein. „Frau Ziemann, könnten Sie bitte in mein Büro kommen?"

Als Lasse meinen ernsten Blick sah, den ich ihm zuwarf, verzog er sich mit den Worten „Ist jetzt nicht so eilig. Schauen Sie bitte bei mir mal vorbei, wenn es passt, ja?".

Ihn einmal so erleben zu dürfen, machte mich fast sprachlos. Ich musste innerlich grinsen, obwohl mir angesichts der Gefühlslage meiner Kollegin nicht danach zumute war. Es stand außer Frage: Er war noch lernfähig.

„Lass uns heute Mittag was essen gehen", sagte ich einfühlsam zu Franziska, „und reden, ja? Es tut mir so unendlich leid. Sowas hast du einfach nicht verdient."

Mein Heimweg war viel länger als sonst. Vor beinahe jeder Schaufensterauslage blieb ich stehen. Als zwei Jugendliche, ich schätzte die beiden Jungs auf höchstens dreizehn, kichernd an mir vorbeigingen, bemerkte ich, dass ich in die Auslage eines Sanitätsfachhauses schaute. So klemmte ich energisch meine Tasche unter den Arm und beeilte mich zu meinem Cabriolet zu kommen.

Mit vor der Brust verschränkten Armen stand ich nun vor meinem Wagen, der auf einem Mietparkplatz nicht unweit der Firma abgestellt war. Tränen vor Wut schossen mir in die Augen, als ich auf mein rotes Cabrio blickte. Man hatte ihn wohl mit Säure bespritzt. Von der roten Motorhaube war außer schwarz-rostbrauner Flecken und Blasen fast gar nichts mehr zu erkennen. Es war nach den ersten Beschädigungen das erste Mal, dass es richtig massiv war. Außerdem waren die Vorderreifen aufgeschlitzt worden.

„Ich weiß nicht, wer dahintersteckt", erklärte ich dem Polizeibeamten, der zusammen mit seiner Kollegin nach meinem inzwischen zwanzigminütigen zurückliegenden Anruf jetzt vor Ort war. Ich fühlte mich hilflos, weil ich mir keinen Reim darauf machen konnte, wer hinter diesen bizarren Vorfällen steckte. Es machte mich einfach fertig – und es machte mir mittlerweile richtig Angst. „Vor einiger Zeit habe ich im Polizeipräsidium schon Anzeige wegen Stalking gegen Unbekannt gestellt."

Kirsten, die ich über Smartphone informiert hatte was geschehen war, stand hinter mir und unterhielt sich mit der Kollegin des Beamten. Die Frau war Ende Zwanzig, etwas kräftiger und hatte braunes Haar. Sie wirkte wie eine Anfängerin und versuchte zu überauszugleichen, indem sie ein betont resolutes und sachliches Verhalten an den Tag legte. Sie inspizierte die ruinierte Haube und machte sich hierzu Notizen.

Keine zehn Minuten vergingen, da kam auch schon Konrad Mayer von der Werkstatt auf den Parkplatz vorgefahren, um mein nicht mehr fahrtüchtiges Cabrio auf den Plateauwagen aufzuladen. Nachdem er die notwendigen Stützen zur Sicherung des Fahrzeugs ausgefahren hatte, brachte er die Befestigungen an den vier Rädern des Cabrios an. Mit den Stahlketten an der Hebevorrichtung hob er den Wagen letztendlich auf die Ladefläche.

„Ach, Lis, es tut mir so leid mit deinem Cabrio", sagte er, als er hinauf in die Fahrerkabine stieg. „Diesmal wird es mit der Reparatur etwas länger dauern. Ich muss schauen, wo ich eine neue Haube herbekomme. Lackiert muss er auch noch werden. Es wäre aber schade, wenn du das Auto entsorgen müsstest. Das möchte ich nicht. Es ist ein wahrlich schöner Oldtimer."

Mittlerweile waren wir allein auf dem großen Parkplatz. Kirsten nahm mich tröstend in die Arme und ließ mir den Moment mich an sie zu klammern.

Inzwischen weinte ich und klammerte mich noch fester an sie. „Wer, zum Teufel, will mich so am Boden zerstört sehen? Das ist doch krank, richtig krank", schluchzte ich. „Und das Schlimme daran ist, dass man dich da voll mit reinzieht. Das belastet mich mehr, als du dir vorstellen kannst."

Ihre tiefglänzenden Augen zeigten mir ihre tiefgehende Liebe zu mir. Statt einer Antwort küsste sie mich zärtlich, und ich versank in einen innigen Zungenkuss mit ihr.

Die zeitlichen Abstände, in denen irgendetwas beängstigendes geschah, wurden zusehends kürzer. Ich konnte nachts kaum noch ein Auge zubekommen, so sehr ging es mir inzwischen an die Substanz. Leider geriet auch meine Arbeit im Betrieb in Mitleidenschaft. Und der Tag, das wusste ich, würde kommen, an dem ich zum ersten Mal seit langem direkt zu Franz Leonhardt zitiert würde.

„Ihre Arbeit, Frau Hartmann, verschlechtert sich zusehend", waren seine ersten Worte, als ich sein Büro betrat. Ich beobachtete, wie Leonhardt mit dem Kugelschreiber zwischen den Fingern spielte.

Als er meinen Blick auf den Kugelschreiber bemerkte, steckte er sich das Teil in den Mundwinkel wie eine Zigarre, und seine dunkelbraunen Augen blickten über den Rand seiner Hornbrille sehr ernst zu mir hinüber. „Wie gedenken Sie, dass Sie wieder zu Ihrer vollen Leistungsfähigkeit zurückkehren können? So, wie es zurzeit läuft, geht es mit Ihnen immer weiter bergab."

Ich schreckte zusammen. Mein Nervenkostüm war augenblicklich sehr dünn. Und am liebsten wäre ich aufgesprungen und hätte das Büro verlassen. Stattdessen kämpfte ich mit den Tränen und versuchte mich zusammenzureißen. Wo, verflucht, war Lasse, wenn man ihn brauchte?

„Du hast mich im Stich gelassen!", schrie ich Lasse an, als er mich bat, nach dem Gespräch mit Leonhardt noch einmal in sein Büro zu kommen. Feindseligkeit stieg in mir hoch. „Ich bat dich um Unterstützung, und du? Du weißt ganz genau, was gerade in meinem Leben abläuft. Mir wird gerade der Boden unter den Füßen weggezogen. Wo ist deine Fürsorgepflicht als Arbeitgeber?"

Ich war ans Fenster herangetreten und blickte, beide Arme vor die Brust verschränkt, nach draußen. Lasse sah meine verweinte Wimperntusche, die wie Bremsspuren auf meinen Wangen lag, und war neben mich getreten.

Als er seine Hand versuchte beschwichtigend auf meinen Arm zu legen, stieß ich ihn weg. „Lass mich! Wegen so einem Feigling wie dir bin ich wohl bald meinen Job hier los. Dann kann ich mich bei denen einreihen, die schon zuvor auf sein Konto gegangen sind."

Lasse senkte seinen Blick. Meine Reaktion von eben schien ihn wie ein Peitschenhieb getroffen zu haben. „Ich habe auch noch ein Mitspracherecht, Lis. Und ich verspreche dir, ich mache es wieder gut."

Er suchte den Augenkontakt und man sah, dass es ihm, wie er da so neben mir stand, auch nicht gutzugehen schien. „Ich suche händeringend nach einer Lösung mit Franz. Dir wird nicht gekündigt werden."

Was er dann noch sagte, ließ mich wieder ein wenig in Frieden zu ihm gehen. „Geh zu einem Arzt und lass dich krankschreiben. In deinem Zustand kannst du nicht zur Arbeit kommen. Ich bin für dich da, wenn etwas sein sollte."

Ich war zum Opfer eines Stalkers geworden. Ich wollte einfach nur meine Ruhe und dass es endlich aufhört. Die Polizei versprach mir alles Erdenkliche zu tun, um mich zu schützen. Aber da ich nicht wusste, was diese Person von mir wollte, geriet ich bei meinen Gedankenketten schon fast in Panik, dass das womöglich bald alles eskalieren könnte.

Eine Frage stellte sich mir: War es überhaupt ein Mann? Die Stimme der nächtlichen Anrufe bei mir war unverkennbar männlich. Von einem Moment auf den nächsten bekamen die Worte von ihm einen weiteren bitteren Beigeschmack. Sie brachten mich fast um, als er sagte, dass er sich nicht nur meiner annehmen würde, sondern, wenn er mit mir fertig sei, auch Kirsten seine volle Zuwendung zuteilwerden ließe. Was das auch immer bedeutete...

Unruhig wälzte ich mich hin und her, und über meine Stirn perlte Schweiß. Meiner viel zu trockenen Kehle entrann ängstliches Stöhnen. Dann schreckte ich hoch. Ein Alptraum hatte mich, wie die Nächte zuvor auch, die vergangenen Minuten fest umklammert gehalten. Nur mit Mühe und Not konnte ich mich hieraus in letzter Sekunde befreien.

So schlug ich die Decke beiseite, und ich spürte, dass ich am ganzen Körper nass geschwitzt war. Ich brauchte dringend frische Luft.

Nun, nachdem ich aufgestanden war, stand ich vorm Fenster, öffnete es und atmete tief durch. Endlich, ich kam wieder etwas runter, mein Herz raste nicht mehr so wie zuvor.

Es war nur ein Traum, redete ich mir ein, es war nur ein elender Traum. Jemand hatte mich gejagt, es war mehr als real. Aber ich musste doch gar nicht um mein Leben kämpfen. Hier in meinen vier Wänden war ich in Sicherheit.

Nach gefühlten fünf Minuten ging ich ins Bad, drehte das

Wasser auf und spritzte mir belebende Kühle ins Gesicht. Mit hohlen Händen hob ich etwas davon an meinen Mund und trank gierig ein paar Schlucke. Es konnte doch gar nichts sein, sagte ich mir immer wieder, alles war in Ordnung. Ich war alleine in der Wohnung.

Plötzlich ein Geräusch! Ich drehte mich um meine eigene Achse und blickte mich angstvoll um. Was war das? Ich konzentrierte mich auf das, was ich meinte eben gehört zu haben, aber da war nichts. Nichts! Spielte mir nun meine Einbildung einen bösen Scherz? Wollte sie mich etwa so weit verunsichern, dass ich den Rest der Nacht keinen Schlaf mehr finden würde?

Ich drehte das Wasser ab und schlich ins Schlafzimmer zurück. Dort blickte ich mich um. Das alles brachte mich bald um meinen Verstand. Das Fenster stand immer noch weit offen. War irgendwer in meine Wohnung eingedrungen und wartete nun darauf, sich auf mich stürzen zu können?

Panik ergriff mich. Aber ich schüttelte heftig den Kopf. Hier konnte niemand eindringen, ich lebte im zweiten Obergeschoss.

Obwohl der Alptraum zu Ende war, konnte ich mich einfach nicht beruhigen. Der Stalker, dieser verdammte Stalker. Und ich war alleine in meiner Wohnung.

Hatte ich Kirsten doch gebeten, die kommenden Nächte zu Hause in ihrem eigenen Bett zu schlafen, weil ich ständig hochschreckte und sie mit um den Schlaf brachte. „Ich will aber nicht zu mir nach Hause", hatte sie mir ins Gesicht gesagt. „Du brauchst mich. Und ich will bei dir bleiben." Nachdem ich die

Wohnungstüre hinter ihr schloss, sah ich noch die Tränen in ihren Augen vor mir. Und jetzt, da sie nicht da war, fühlte ich mich sehr alleine. Es war halb Zwei, und ich verspürte Angst.

Das Smartphone auf der Anrichte brummte. Ich zuckte zusammen. Zitternd griff ich danach und aktivierte ‚Anruf annehmen'.

Was vorher noch ein nicht realer Alptraum war, wurde nun zu meinem schlimmsten. Die Stimme am Telefon war dazu angetan, mein Herz gefrieren zu lassen. Und die Worte, die folgten, schlugen es mit einem Eispickel in Millionen kleiner Teile.

„Ich habe dich schlafen gesehen. Und du hast dich von einer Seite auf die andere gewälzt. Als ich dann auf dem Bettrand saß, habe ich dein Gesicht berührt. Geh noch einmal ins Bad und schau dort in den Spiegel, dann siehst du es. Rechts unterhalb deines Ohres am Hals."

Das Gespräch war beendet. Ich fühlte mich wie in ein Eismeer gestoßen. Von was sprach dieser Kerl?

Ich ging, wie er sagte, zum Spiegel im Bad und betrachtete mich genauer. Meine Finger wanderten zu einer etwa zwei Zentimeter langen Verletzung am Hals. Genau dort, wo er beschrieben hatte. Sie sah aus wie von einem Messer.

Oh mein Gott, die Vorstellung, dass er hier in meiner Wohnung war und mir die Verletzung am Hals zugefügt hatte, brachte mich jetzt unwiderruflich um den Verstand.

„Bist du wach?", meine Stimme bebte, als ich auf Kirstens Mailbox sprach. „Bitte ruf mich zurück. Ich kann nicht mehr hierbleiben. Er war vorhin in meiner Wohnung."

Kapitel 11

Die Ereignisse überstürzen sich

Als wir das Dreihundertseelendorf erreichten, fiel allmählich der Druck von mir ab. Die gesamte Fahrt über war ich eher verschlossen und starrte aus dem Seitenfenster. Die Landschaft zog an mir vorbei, nur bruchstückhaft nahm ich sie wahr.

Kirsten sagte nichts. Sie wusste, wie schlecht es mir ging. Aber sie signalisierte mir durch ihre Geste, indem sie ihre Hand auf meinen Oberschenkel legte, dass sie bedingungslos für mich da sein wollte. Und das tat mir so verdammt gut.

Hinzu kam, wie Bruno Biermann reagierte, als er erfuhr, dass das Stalking eine unheildrohende Fahrt aufzunehmen schien. „Kirsten, nehmen Sie sich frei, so lange Sie brauchen und kümmern sich um Lis", hatte er in meiner Gegenwart zu ihr gesagt, als wir ihn frühmorgens aufsuchten. „Ich werde jemanden kontaktieren, der uns helfen kann. Er ist zwar für so etwas nicht zuständig, aber mal sehen, was ich machen kann."

Bevor wir seine Villa verließen, drückte er mich noch einmal ganz fest an sich. Ich fühlte mich fast väterlich geborgen.

Schon von unten, als Kirsten den Schotterweg befuhr, sah ich es wieder, das rege Treiben der gefiederten Freunde in der Linde neben dem Haus. Der Vorschlag, für eine Weile bei Else zu bleiben, ließ Beklemmungen in mir aufkommen. Ich wollte sie nicht auch noch mit in die Sache hineinziehen. Hier bereitete mir meine Liebste schon ganz arge Bauchschmerzen.

„Schön, dass Ihr da seid", begrüßte Else uns, als sie die Haustür öffnete. Else war eine Frau, die man einfach ins Herz schließen musste. Hiervon konnte ich mich ebenfalls nicht ausschließen.

Das, was sie plötzlich tat, rührte mich zu Tränen. Sie stand nun direkt vor mir und drückte mich eine ganze Weile fest an sich. Danach ließ sie mich los, umgriff mit beiden Händen mein Gesicht und lehnte ihre Stirn gegen meine. „Lis, du bist wie eine Tochter für mich", sagte sie offenherzig. „Bruno bat mich, mich um dich zu kümmern. Ich weiß um deine missliche Lage."

Sie bat uns herein. „Bringt erst einmal die Sachen aufs Zimmer. Ich zeige euch, wo ich vor habe euch unterzubringen."

Wir folgten Else die Treppe hinauf in die erste Etage. Fiel es mir nur heute auf, oder war dies bei dem ersten Besuch auch schon? Das Gehen schien Else sichtlich schwer, sie schien etwas steif in den Hüften.

Else öffnete die Tür zu einem Zimmer, das direkt über dem Wohnzimmer zu liegen und von einem weiteren gemauerten Kamin beherrscht schien. Dessen grüngraue Steine schimmerten silbrig. Direkt vor dem Doppelbett lag ein bunter Webteppich, der dem Raum eine fröhliche Note verlieh. Das weit geöffnete Fenster eröffnete einen Blick in die Weite der Landschaft – einfach wunderbar.

Ich war ans Fenster herangetreten. Das Zimmer lag nach hinten raus. Von hier aus konnte man die Terrasse mit ihrem liebevoll angelegten Garten und den Blumenrabatten sehen. Hinten links entdeckte ich einen künstlichen Quellstein, der einen verträumten Bachlauf mit Wasser belieferte und etwa sechs Meter weiter in den Teich mündete.

Else lächelte, blieb noch einmal in der Tür stehen. „Kommt erst einmal an", sagte sie mit liebevoller Stimme. „In zwei Stunden gibt es Mittagessen." Dann schloss sie von außen sacht die Tür und ließ uns alleine.

Zwei Tage waren wir nun schon hier. Else kümmerte sich fürsorglich um uns, vor allem um mich, was ich in so einer Intensität nie erwartet hätte – noch annähernd erlebt hatte.

Abermals kamen die Erinnerungen an meine Familie zurück. Auch das belastete mich noch sehr. Mutter war nun auf eine gewisse Art Sabrina und Bernd ausgeliefert, die voller Wut nach Eröffnung des Testaments das Notariat verlassen hatten. Ich konnte mir nicht vorstellen, dass sie sich kampflos geschlagen gaben. Immerhin waren sie leer ausgegangen. Mit Ausnahme der Kinder, denen Geld zugesprochen wurde, welches aber bis zu ihrer Volljährigkeit auf einem Bankkonto verblieb.

Die Sonne stand hoch oben am wolkenlosen blauen Himmel. Ich ließ meinen Blick schweigend über die etwas weiter entfernten Bäume schweifen, deren Blätterkleid sich allmählich verfärbte. In absehbarer Zeit würde der Herbst an die Tür klopfen, dachte ich so für mich.

Schließlich blieb mein Blick an dem Bachlauf hängen, der leise vor sich hinplätscherte. Das Sonnenlicht brachte das Wasser darin zum Glänzen.

Die Sonne wärmte mein Gesicht und eine laue Brise zerzauste mein Haar. Kirsten und ich standen ziemlich eng beeinander. Sie lächelte mich an. Langsam schlossen sich meine Arme um ihren Nacken und ich legte den Kopf auf ihre Schulter. Daraufhin legte Kirsten ihre Arme um meine Taille und genoss die langsam wiegende Bewegung, als würde im Hintergrund ein langsames Lied gespielt.

„Ich wünsche mir", flüsterte ich, „dass das mit uns niemals endet. Das mit dir ist einfach unbeschreiblich, es fühlt sich so gut an. *DU* tust mir richtig gut."

„Es muss doch gar nicht enden", sagte sie ganz leise, und es war, als würde die Musik, die ausschließlich für uns bestimmt und nur wir sie hören konnten, niemals enden. „Ich liebe dich. Und egal, was auch passiert, ich möchte und werde immer zu dir stehen."

Das vibrierende Smartphone in Kirstens Hosentasche war es, das mich aus meiner verträumten Welt herausriss. Für einen Augenblick hatte ich die Situation ausblenden können, in der ich mich befand und aus der es scheinbar keinen Ausweg zu geben schien.

Kirsten griff nach hinten in die aufgesetzte Hosentasche ihrer hautengen Jeans, fischte ihr Smartphone heraus und linste aufs Display.

„Alles in Ordnung?", fragte ich vorsichtig.

„Es sind mehrere Nachrichten eingegangen", sagte sie, hob die linke Augenbraue und öffnete den Messenger. „Nicht einmal hier hat man seine Ruhe."

Ich konnte sehen, wie sie eine unbekannte Rufnummer antippte und ein Foto öffnete, das soeben gesendet wurde. Die Farbe wich ihr aus dem Gesicht, als sie das Foto näher betrachtete, und ihre Hände fingen kräftig an zu zittern. Beinahe wäre ihr das Handy aus der Hand geglitten. Sie drehte sich nervös in alle Richtungen. „Wo ist dieser Kerl?"

Kirsten reichte mir das Handy, dann sah ich, was sie mit dieser Frage meinte. Auf dem Foto das Haus von Else. Ein weiteres ging just in diesem Moment ein.

„Darf ich öffnen?", fragte ich. Ich wollte nicht einfach so ihr Handy benutzen. Nach einem „Natürlich darfst du" tippte ich das Foto an. Selbst ich wurde aschfahl. Es zeigte Kirsten, wie sie sich in ihrem Schlafzimmer auszog. Er war also auch längst in ihrer Wohnung.

Wortlos gab ich ihr das Handy zurück. Sie las die Mitteilung von Bruno, der als erstes geschrieben hatte: *„Hallo Ihr Zwei, es ist alles in die Wege geleitet. Passt bitte auf euch auf. Wenn etwas ist, meldet euch."*

Als sie fertig mit lesen war, ging sie auf weiterleiten der Fotos und Kontaktdaten an ihn. *„Wir werden nicht hierbleiben können, sonst bringen wir Else in Gefahr."* Sie ging auf Senden und schob das Smartphone in die Hosentasche zurück.

Dass es auf aschfahl werden auch noch eine Steigerung gab, war mir selbst nicht bewusst. Kirsten schaute mich mit großen Augen an. „Woher hat dieser Scheißkerl eigentlich deine Rufnummer?", fragte ich bestürzt. „Es existiert von dir kein Eintrag. Wenn er weiß, wo wir uns aufhalten, kennt er bestimmt auch mein gesamtes Umfeld. Oh, mein Gott, was ist mit Jochen und meiner Mutter? Sie schweben alle in großer Gefahr."

Die Frage erübrigte sich, als wir in die kleine Seitenstraße einbogen, in der sich mein Elternhaus befand. Kirsten hatte mich während der Fahrt kaum beruhigen können. Hals über Kopf hatten wir auf mein Drängen hin unsere Sachen gepackt und uns auf den Heimweg begeben. Während der Fahrt schrieb ich Bruno Biermann noch eine Nachricht: *„Bitten Sie die Polizei, dass Else unter Schutz gestellt wird. Wir sind jetzt auf dem Weg zu meiner Mutter. Ich mache mir die allergrößten Sorgen."*

Überall Blaulicht. Mit sechs Feuerwehren, zwei Rettungswagen und einem Notarzt waren sie vor Ort. Alles war von der Polizei großräumig abgesperrt worden. Aus der offenstehenden Haustür und den eingeschlagenen Fenstern drang Rauch.

Noch bevor Kirsten den Wagen abstellen konnte, sprang ich aus dem Auto und rannte zum Haus rüber. „Mutter! Was ist mit meiner Mutter?", rief ich verzweifelt, meine Augen mit Tränen gefüllt. Ein Polizist hielt mich am Arm zurück, ehe ich ins Haus gelangen konnte. „Bitte nicht! Sie können dort nicht rein."

Mein Herz schlug höher, als sie mit einem Male direkt vor mir auftauchte. Gott sei Dank, sie lebte. Gestützt von zwei Feuerwehrleuten kam sie mit langsamen Schritten aus dem Haus. Ihre dunklen Haare waren grau vor Ruß, die Wangen und Stirn ebenfalls mit Dreck verschmiert.

„Mutti, geht's dir gut?", fragte ich besorgt. Eine aufkommende Windböe blies mir den immer noch beißenden Rauch mitten ins Gesicht, und meine Haut spannte sich unangenehm wie nach einem Sonnenbrand.

Bevor sie antworten konnte, trieb ihr ein Hustenanfall die

Tränen in die Augen. „Lis, ich bin so froh", sagte sie mit beleg-
ter Stimme, „dass du hier bist."

„Was ist geschehen?", wollte ich wissen. Warum stellte ich
eigentlich diese Frage? Nicht umsonst hatte ich diese Vorah-
nung. Nach alldem, was mir schon widerfahren war, war das,
was ich hier vorfand, zu erwarten.

„Ich hatte mir den Wasserkessel für einen Tee aufgesetzt",
erzählte sie. „Als ich den Herd einschaltete, gab es einen laut-
starken Knall. Der Rest entzieht sich meiner Erinnerung."

Scheiße! Der Gasherd. Ich wusste, dass Mutti sich im letzten
Jahr noch einen neuen zugelegt hatte. Der Kerl machte keine
halben Sachen, er wollte auch meine Mutter aus dem Weg
schaffen. Er musste den Gasherd manipuliert, irgendwas daran
angebracht haben. Anders konnte ich es mir nicht vorstellen.

Meine Stimmung wurde nicht gerade besser, als ich mich
umdrehte und hinter Kirsten sehen konnte, wie ein Wagen anhielt. Mein allerliebster Schwager stieg aus und warf mir einen
emotionslosen Blick zu.

Als sich die Beifahrertür öffnete, kamen als erstes gerten-
schlanke Beine zum Vorschein. Dann stand Sabrina da, moder-
nes Outfit, enganliegender Rock bis zu den Knien mit seitli-
chem Schlitz, Stöckelschuhe und cremefarbene Bluse. Sie
stemmte die Arme in die Seiten und streckte den Rücken
durch, so als hätte sie eine lange Fahrt hinter sich, was aber
utopisch war, wohnten wir doch in derselben Stadt.

Bei dem Anblick der Beiden schnürte es mir den Hals zu.

Kirsten bemerkte meine Stimmung und trat neben mich. Sie
nahm meine Hand und drückte sie ganz fest. „Komm bitte run-

ter", sagte sie mit leiser und beruhigender Stimme. Sie beugte sich zur Seite und küsste mich zärtlich auf die Wange.

Klack! Klack! Klack! hämmerten die Absätze auf dem Pflaster, dann erschien sie auch schon. Nicht, dass sie kam, nein, sie ERSCHIEN. Dieser stechende Blick, ihre Adlernase sowie die lippenstiftorientierten schmalen Lippen.

Seit zwanzig Jahren sah sie genau noch so jung aus wie mit Siebzehn. Wenn das so weiterginge mit ihrem jugendlichen Anblick, was ich mir beim besten Willen nicht vorstellen konnte, müsste ich sie irgendwann – sofern wir noch Kontakt hätten – glatt fragen, selbstverständlich sorgfältigst ausformuliert, in welchem Jungbrunnen sie badet. Hoffentlich würde mir das erspart bleiben. Ich wollte mit diesem Teil meiner Familie nie wieder was zu tun haben.

„Was will denn mein kleines Schwesterchen hier?", fragte sie abfällig und schob mich, um an mir vorbeizukommen, einfach zur Seite. Bernd war dicht dahinter und ging an mir vorüber, sein Gesicht völlig ausdruckslos. Mir lief es wie sonst auch eiskalt den Rücken runter.

„Halt! Auch Sie haben hier keinen Zutritt", ermahnte sie derselbe Polizist, der auch mich vor ein paar Minuten noch am Arm zurückhielt. „Die Ermittlungen zur Ursache des Brandes haben gerade erst begonnen."

„Was für Heuchler", sagte ich fast tonlos und mit aufeinander mahlenden Zähnen. Ich war froh, dass Kirsten bei mir war. Ich hätte nicht gewusst, ob ich das alleine durchgestanden hätte.

Es widerte mich so unendlich an zu sehen, wie scheinheilig

sich Sabrina und Bernd auf einmal um Mutti kümmerten. Voller Hass auf Vater, weil er ihnen nichts vermacht hat, und mit einem Male so fürsorglich? Was führten sie im Schilde? Selbstlos war dieses Verhalten ganz und gar nicht.

Den Blick, den mir Bernd auf einmal zukommen ließ, konnte ich nur schwer deuten. Ein leichtes verdecktes Grinsen war in seinen Gesichtszug mit eingearbeitet.

Von einer Sekunde auf die andere schlug er um, er blickte finster drein, und – da war es wieder! – wollte mich mit seinen Blicken verschlingen.

„Frau Hartmann?" Die Stimme einer Frau drang an mein Ohr. Als ich mich zu ihr umdrehte, stand eine junge Frau, vielleicht Anfang Dreißig, vor mir. Schulterlange Haare, dunkelblond, eine Figur wie ein Titelblattmodel. Sie stellte sich mir als Kommissarin für Brandursachenermittlung vor. „Kann ich Sie bitte einen Moment sprechen?"

Kapitel 12

Zerreißprobe

Es kam, wie es kommen musste. Wir stritten uns heftig. Wir schrien sogar so laut, dass es die Nachbarn mitbekamen. Ich wollte dies alles Kirsten nicht mehr zumuten. Nachts schreckte ich schweißgebadet aus dem Schlaf hoch. *Nacktes Entsetzen packte mich in diesen Träumen, wenn ER, ohne ein Gesicht zu erkennen, mit einem Messer in der Hand vor mir stand. Ich war gefesselt und ihm ausgeliefert. Mit seinem Messer kam er direkt auf mich zu, beugte sich über mich und hielt das Stück Metall in mein Gesicht. Damit strich er mir breit grinsend die Konturen entlang.* Auch wenn sie mir aufrichtig zur Seite stand, ich musste sie hier raushalten. Dieser Kerl hatte es auf mich abgesehen.

Die Last des Stalkings lag schwer auf meinen Schultern. Und so verschwand ich ohne ein Wort. Kein böses Wort sollte mehr zwischen mir und ihr folgen. Ich war harmoniesüchtig, und ich ertrug es nicht, wenn wir uns stritten. Sie war etwas ganz Besonderes für mich: meine erste große Liebe. Und so wollte ich sie in meinem Herzen auch behalten.

Obwohl ich mich wahrscheinlich in größter Gefahr befand, war ich entgegen aller Warnungen in meine Wohnung zurückgekehrt.

Es war Nacht geworden. Ich hatte mir eine Flasche Roséwein geöffnet. Mit meinen Schlafklamotten und einem Glas in der Hand stand ich still und ein wenig vorgebeugt am Balkongeländer. Das erste Glas hatte ich bereits in der Wohnung nach dem Einschenken in einem Zug geleert. Nun blickte ich auf das zweite in meiner Hand.

Das Smartphone lag ganz weit von mir, ich hatte es ausgeschaltet. Und den Stecker vom Festnetz hatte ich zuvor schon aus der Wandbuchse gerissen.

Im Hintergrund lief Musik, und ich sang wieder leise mit: „Once in a lifetime comes a lover, all you're looking for. Maybe I've found my perfect lover, I've waited so long for someone like you."

Wenn doch Kirsten jetzt bei mir sein könnte. Es tat mir an der Seele weh, wie wir miteinander umgegangen waren und ich die Wohnung verließ.

Es läutete an der Wohnungstür. Um diese Uhrzeit? Das Glas neben mir auf den Teakholztisch abgestellt, ging ich zur Tür und schaute durch den Türspion. Kirsten! Mir schlug das Herz bis zum Hals.

„Du stures Etwas", sagte sie leise zu mir, als ich sie hereinbat. „Warum reagierst du nicht, wenn ich dich über alle verfügbaren Möglichkeiten der Kommunikation versuche zu erreichen?"

Sie blieb, als ich die Wohnungstür hinter ihr schloss, kurz stehen und betrachtete mich genauer. „Du siehst heiß aus", sagte sie, als ihr Blick langsam an mir hinabglitt.

Ich trug lediglich ein weißes Top, unter dem sich meine Brüste sichtbar abzeichneten, dazu, nun ja, Hotpants, und an meinen Füßen hoch unerotisch weiße Socken. Bei Kirstens Kompliment verzog ich mit Blick auf die Socken ein wenig das Gesicht.

„Magst du auch ein Glas Wein?", fragte ich lächelnd und öffnete, bevor ich wieder auf den Balkon hinaustrat, eine Tür des Naturholz-Buffetschranks im Landhausstil und holte ein Weinglas hervor. Ich schenkte ihr ein Glas ein und reichte es ihr. Dann ging ich wieder nach draußen.

Aus dem Augenwinkel heraus sah ich, dass sie mir langsam auf den Balkon folgte. Ich war so glücklich, dass sie meinen Sturkopf ignoriert hatte und unerwartet aufgetaucht war.

Ich nahm ihren betörenden Duft wahr und ein Schaudern

durchlief meinen Körper, als sie nun direkt hinter mir stand und ihre Lippen liebkosend meinen Nacken berührten. Sanft fuhren sie über meine Haut am Nacken. Das Erschaudern meines Körpers wiederholte sich, als sie ihre freie Hand nun streichelnd auf meinen Bauch legte. Ich genoss es, als ihre Hand ganz langsam aufwärtskroch. Seufzend lehnte ich mich gegen ihre Brust und schloss vertrauensvoll meine Augen.

Kirsten murmelte kaum hörbar unverständliche Worte der Zuneigung. Sachte fuhr ich mit meiner Hand seitlich entlang nach hinten, um dann ihren Schenkel zu streicheln. Dann fuhr ich weiter, bis ich den Po erreichte.

Spielerisch umkreise sie mit einem Finger meinen Bauchnabel, bevor sie allmählich über meine Hüften nach oben streichelte. Das, was sie hier mit mir tat, machte mich verrückt.

Eigentlich machte mich alles verrückt, was sie mit mir anstellte. Nur andeutungsweise streiften ihre Fingerspitzen die Rundungen meine Brüste. Dann wanderten sie weiter nach oben. Ganz langsam streifte sie das Top über meine Schulter und ließ das Kleidungsstück unbeachtet zu Boden fallen.

Nichts trennte uns nunmehr voneinander. Ein wohliges Seufzen entwich mir, als sie weiter zärtliche Küsse auf die empfindsame Haut meiner Halsbeuge hauchte und mich ab und zu sanft ihre Zähne spüren ließ...

Es hatte mir so sehr gefehlt, in ihren Armen einschlafen zu können. Meine Sehnsucht nach ihr war unendlich groß. Und so war es die erste Nacht ohne diesen entsetzlichen Alptraum; ich schlief nach diesen erotischen Stunden endlich wieder durch.

Das, was wir hier erlebten, war eine richtige Zerreißprobe für uns. Würde sie alldem standhalten?

Sie dort so schlafen zu sehen, machte mich unendlich glücklich. Immer mehr vertiefte sich der Wunsch auf, mit ihr zusam-

men alt zu werden. Ich liebte diese Frau. Sie räkelte sich, als ich mich aus ihrer Umarmung löste und aus dem Bett stieg.

Ganz spontan dachte ich darüber nach, uns ein Frühstück zuzubereiten, das wir im Bett einnehmen könnten.

Nachdem ich aus dem Badezimmer kam, ging ich hinüber in die Küche. Und dort zum Kühlschrank. Beim Öffnen der Tür fiel mein Blick auf ein Foto, das mit einem Magneten angeheftet war. Es zeigte mich und Kirsten in eindeutiger Position.

Ich fing an zu zittern und bekam einen Schreianfall. Wie konnte er hier nur reinkommen? Ich hatte meine ganze Wohnung auf den Kopf gestellt, als ich zurückgekehrt war. Alles nach Wanzen abgesucht, Mini-Cams. Nichts, rein gar nichts.

Keine halbe Stunde verging, da kam auf Bitten von Kirsten auch schon Bruno Biermann. Zu meiner Verwunderung nicht alleine. Die junge Frau kannte ich doch, als ich mit tränenverquollenen Augen die Wohnungstür öffnete.

„Mensch, mein Kind", Bruno Biermann nahm mich in die Arme und strich mir über den Kopf. „Es tut mir so verdammt leid, was euch hier angetan wird."

Er machte einen Schritt zurück und wandte sich der jungen Frau zu. „Darf ich vorstellen? Das ist Frau Kommissarin Sarah Fessel. Sie kümmert sich jetzt um euch."

„Aber…", verunsichert schaute ich zu meinem Gegenüber. „Waren Sie nicht die Brandermittlerin bei meiner Mutter?"

Die Kommissarin lächelte mir freundlich zu, dann reichte sie mir die Hand. „Es mag womöglich etwas irritieren, aber ich konnte mich dort noch nicht zu erkennen geben."

„Sagen Sie mir bitte", wollte ich jetzt wissen, „was bei meiner Mutter die Brandursache war. Das war nie und nimmer ein normaler Brand, oder?"

Ich beobachtete, wie das Lächeln aus Sarah Fessels Gesicht wich und sie näher an mich herantrat. Dann sagte sie sachlich und ohne Emotionen: „Sie können nicht mehr länger in dieser Wohnung bleiben. Es ist für Sie und Ihre Partnerin nicht mehr sicher. Wir haben es hier mit einem extremen Psychopaten zu tun." Dann, nachdem sie einen Blick durch die Wohnung schweifen ließ, sagte sie: „Wenn es Ihnen nichts ausmacht, würden meine Kollegin und ich uns gerne in Ihrer Wohnung umschauen."

Ich nickte. Immer mehr prasselte auf mich ein, als ich Sarah Fessel das angepinnte Foto an der Kühlschranktür zeigte. Am liebsten wäre ich im Erdboden versunken, als sie einen kurzen Blick darauf warf. Sie bekam wahrscheinlich nicht oft, wenn überhaupt, die Gelegenheit, zwei Frauen in solch einer offensichtlichen Körperhaltung im Bett zu betrachten.

Aber sie sagte nichts. Sie wies ihre Kollegin einfach nur an, das Beweisfoto sowie Fingerabdrücke sicherzustellen.

„Was ist mit meiner Großmutter?", fragte Kirsten.

„Else geht es gut", versuchte sie Bruno Biermann mit einem Lächeln zu beruhigen. „Ich habe einen Freund von mir gebeten sie zu sich zu nehmen. Aber Ihr kennt ja Else. Zuerst wollte sie nicht, hat sich vehement geweigert. Aber als ihr klar wurde, wie ernst die Lage war, ist sie mit ihm gegangen. Sie ist also in Sicherheit." Er machte eine kurze Pause, sagte dann sehr ernst, und schaute uns dabei beide an: „Packt eure Sachen. Ihr werdet mit zu mir kommen, und zwar so lange, bis der Fall gelöst ist. Keine Widerrede, dort seid Ihr in Sicherheit."

„Hören Sie auf Herrn Biermann", bekräftigte ihn die Kommissarin. „Ihre Mutter, Frau Hartmann, ist nur knapp einem Anschlag entkommen. Ich möchte Sie und Frau Meinhardt in

Sicherheit wissen."

Das Viertel lag etwas außerhalb. Hier reihte sich in großen Abständen eine Villa an die andere. Die Abstände zwischen ihnen waren so groß, dass zu jeder ein riesengroßes Privatgrundstück gehörte. Ich war noch nie so weit hier rausgekommen. Es interessierte mich auch nicht unbedingt, wer hier so alles wohnte. Beim Anblick einiger von ihnen verschlug es mir fast die Sprache, so imposant waren sie.

Bruno Biermann parkte seinen schwarzen Jeep am Straßenrand. Wir stiegen aus. Ich blickte auf die Fahrbahn vor mir. Der Asphalt war von der vergangenen Fahrbahnerneuerung noch ganz schwarz. Ganz sicher herrschte hier nicht so viel Verkehr, und doch schien die Straße hier oft geteert zu werden. *Klar*, dachte ich so für mich, *so können die blankpolierten Karossen butterweich bis in die passenden Garagen hineinfahren.*

Was ging mich diese kleine Anzahl von Bewohnern an, zu denen ich niemals gehören würde? Ich schnupperte zwar am Rand des Topfes, denn ich hatte ja Bruno Biermann kennengelernt, und an meiner Seite war eine bezaubernde Modedesignerin als Lebensgefährtin. Kirsten hätte sich so etwas wie hier draußen sicher eher leisten können als ich.

Aber immerhin konnte ich einen Oldtimer als mein Eigen nennen, den ich über Jahre hinaus gesucht hatte. Bei dem Gedanken an mein rotes Cabrio überkam mich eine große Traurigkeit. Ich setzte aber große Hoffnung in meinen Werkstattmenschen, dass er ihn wieder flottmachen konnte.

Ein langer geschwungener Kiesweg führte darauf zu und in

für mich gefühlten tausend Fenstern spiegelten sich Bäume und Hecken, die im Garten vor dem Gebäude standen. Die vordere Ansicht der Villa aus dem zwanzigsten Jahrhundert war nahezu pompös.

„Kirsten weiß, wo ich wohne", lächelte Bruno charmant und ging mit knirschenden Schritten zum Eingang, der alleine schon imposant wirkte. Eingerahmt von zwei Sandsteinsäulen wurde die massive Eingangstür aus Holz wie ein Gemälde in einem Passepartout hervorgehoben. „Sie ist hier immer willkommen. Selbstverständlich gilt das auch für Sie, Lis."

Über drei Stufen erreichte man die edle Tür, die den Eingangsbereich der luxuriösen Villa markierte. Dass Bruno Biermann auch bei dem Schließsystem seines Privatanwesens modernste Technik einsetzte, war mir vollkommen klar. Hier war ich noch verblüffter als von dem des Ateliers, dessen Tür sich nur über eine Zahlenkombination öffnen ließ. Bei seinem Haus hatte er sich aber für ein Schließsystem entschieden, welches biometrische Daten abfragte. Ein fest installiertes Lesegerät erfasste seine Stimme und glich sie mit seinen Daten ab. Es surrte, dann schob sich die schwere Holztür ein kleines Stück nach innen.

„Kommt bitte rein." Er führte uns in eine Empfangshalle, die in den Farben Schwarz und Weiß gehalten wurde. Der Boden war aus Marmor, im Raum verteilt standen einzelne Skulpturen, und an der Wand hingen diverse moderne Kunstwerke.

„Fühlt euch wie zu Hause." Er stellte die beiden Reisetaschen auf dem hellgelben Sessel ab, der links von uns neben einem pinken Sofa stand.

Ich war fasziniert von dem Haus. Anders als die Fassade präsentierte sich der Innenbereich. Er war großzügig umgebaut worden. Nichts erinnerte mehr an die Räumlichkeiten, die es einmal hatte.

„Bitte folgt mir, ich möchte euch das Haus zeigen."

Mir verschlug es beinahe die Sprache, als ich zusammen mit Kirsten die Küche betrat. Natürlich kannte Kirsten ja alles, sie war mir glatt im Vorteil.

Sie lächelte, als sie mein Staunen im Gesicht sah. Vor mir präsentierte sich eine modern gestaltete Küche mit einer großen Kochinsel. Raumhohe, weiße Schränke für viel Stellfläche sowie aufgeräumtes Design. Unter mir ein Fußboden, so sauber, dass ich mich nicht wagte ihn zu betreten.

An die Küche schlossen sich das Ess- und Wohnzimmer an. Die Räume waren nicht durch Türen getrennt, sie schlossen sich direkt an. Im Wohnzimmer befand sich ein Kamin, der sich dreihundertsechzig Grad drehen ließ und sicher ausreichend Wärme spendete. Alles hochmodern eingerichtet.

Das Büro, in dem er seine Kreationen entwarf, wurde von Holz dominiert, das für eine Atmosphäre sorgte, welche man nur aus Bibliotheken kannte. Neben einem Schreibtisch und dem raumhohen Bücherregal lud eine gemütliche Sitzgruppe mit rundem Tisch zum Verweilen ein.

Es war das Badezimmer im Obergeschoss, von dem ich Schnappatmung bekam. Ein großer Raum erstreckte sich vor mir, er wurde beherrscht von natürlichen Farben und Materialien. Der Boden war mit sandfarbenen Natursteinplatten ausgelegt. Der Bereich der großen Eckbadewanne mit Whirlpool-

Funktion wurde mit kleinteiligen Fliesen in unterschiedlichen Beigenuancen verkleidet.

„Denk es nicht einmal", sagte ich im beinahe Flüsterton zu Kirsten und stieß ihr leicht in die Rippen, als sie mich nach dem gemeinsamen Blick auf die Badewanne angrinste. „Wir sind hier nicht zu Hause."

„Mir war wichtig", sagte Bruno, als er uns die Räumlichkeiten zeigte, „dass die Jugendstilvilla nichts von ihrem Charme verliert. Deshalb hatte ich einen Architekten damit beauftragt, eine moderne Interpretation der Räume zu erlangen. Hinter dem Haus befindet sich noch ein großer Pool sowie eine Außenküche. Und wenn euch danach ist, im Keller gibt es weitere Räumlichkeiten, wie zum Beispiel eine Sauna."

Bruno Biermann entfernt sich vom Badezimmer und betrat ein weiteres Zimmer. „Und hier ist euer Schlafbereich."

Der Raum, den wir betraten, war tatsächlich eine Oase der Entspannung und Ruhe. Hier hatte er ausnahmsweise auf den Landhausklassiker gesetzt, weiße und helle Töne miteinander kombiniert. Auf dem Boxspringbett, das rechts von uns stand, befand sich ein weißer Bettüberwurf mit sandfarbener Steppdecke und taubenblauen Leinenkissen.

„Kommt erst einmal hier an. Wir sehen uns dann später", sagte Bruno Biermann mit sanfter Stimme, und nach einem Kopfnicken schloss er leise die Tür von außen.

Kirsten trat an mich heran, nahm mich liebevoll in den Arm und küsste mich. Nachdem sie sich von mir gelöst hatte, hob sie die Hand, strich über meinen Hals und das Dekolleté. „Du hast gehört, was Bruno eben gesagt hat", flüsterte sie und warf

einen einladenden Blick auf das Bett. „Wir haben noch ein wenig Zeit, lass sie uns also nutzen."

Kapitel 13

Es wird heftig

Beachtlich. Wie schaffte es Kirsten nur, mich immer wieder aus
meiner Angst zu holen? Ich müsste eigentlich durch den Wind
sein, was ich in den letzten zwei Wochen, in denen sich alles
zuspitzte, auch sicherlich war.

Ob das Stalking jemals einen Abschluss finden würde? Man
gewöhnte sich an vieles, und dieser Mistkerl hatte, mehr als
ihm zustand, von mir und meinem Leben Besitz ergriffen. Was
stand ihm eigentlich zu? Ihm stand rein gar nichts zu. *Er sollte
einfach aus meinem Leben verschwinden!*

Ich befand mich in einer ganz massiven Drucksituation: Dieses Stalking würde für mich erhebliche psychische und physi-
sche Nachwehen haben. Wahrscheinlich nicht nur für mich.

Durchaus gab es genügend Momente, wo es mich an den
Rand meiner letzten Kräfte brachte – vor allem emotional. Sarah Fessel bestätigte mir das, was ich hierüber schon längst im
Netz gelesen hatte: Normale Menschen kämen nicht auf die
Idee, jemanden zu verfolgen. Sie akzeptierten ein Nein. Wir
waren bei meinem Stalker im psychopatischen Bereich angekommen. Er bedrohte mich mit einer auffälligen Beharrlichkeit
und Intensität. Aber was war seine Motivation? So sehr ich mir

auch den Kopf hierüber zermarterte, ich hatte keine Antwort darauf.

Die Kommissarin begann damit, mein soziales Umfeld zu durchleuchten. Angefangen mit meinem so allzu sehr geliebten Schwager Bernd. Viele solcher Täter befänden sich im näheren Umfeld, so ihre Worte. Das für ihn und Sabrina verlorene Erbe, mich außerdem nicht haben können, all das wären Gründe, mich fertigmachen zu wollen.

Langsam ging ich vorbei an der Treppe, die hinunter in die Eingangshalle führte. Die Empore entlang auf das Fenster zu, das direkt zur Straße hinaus lag. Dort blieb ich stehen und sah, wie ein Wagen vor der Villa vorfuhr. Eine Frau stieg aus. Sie ging zielstrebig auf die Haustür zu und klingelte.

Nur zögerlich schritt ich die Treppe hinab, nachdem Kirsten die Tür öffnete. Kommissarin Sarah Fessel stand davor, was uns beide erstaunte. Knapp zehn Stunden lag der letzte Kontakt zurück. Sie hatte noch einmal angerufen und gefragt, ob es uns gut ginge. Außerdem bat sie uns noch um ein wenig Geduld.

Kirsten bat die Beamtin ins Haus. „Bitte kommen Sie doch herein, Frau Fessel. Wir wollten gerade einen Kaffee trinken. Dürfen wir Sie dazu einladen?"

Die Einladung nahm die Kommissarin sehr gerne an, zumal sie, wie sie erzählte, bereits viele Stunden lang unermüdlich an unserem Fall ermittelt hätte.

Als ich nun direkt vor ihr stand, begrüßte sie mich, und nach ein paar unverbindlichen Sätzen kam sie zum Grund ihres Besuchs. Ich wurde neugierig. Hatte sie vielleicht doch schon etwas herausgefunden?

„Wie ist eigentlich das Verhältnis zu Ihrem Arbeitgeber?", wollte die Kommissarin wissen und bedankte sich für den Kaffee, den ihr Kirsten in einem Becher reichte.

„Zu welchem der beiden? Lasse Blomquist oder Franz Leonhardt?", fragte ich, während ich die Tasse unter die Brüheinheit der Maschine stellte und das Knöpfchen für *Café Creme* betätigte. Vor mir auf der Küchenzeile stand ein edler Kaffeevollautomat, der sicher fast so viel wie ein Kleinwagen kostete, aber scheinbar nur ab und zu benutzt wurde.

Sarah Fessel stellte den Becher auf der Küchentheke ab und schaute mich an. „Mich würde mehr interessieren, wie Sie sich mit Franz Leonhardt verstehen?"

„Dieser schmierige Kerl?", rutschte es mir heraus, und ich biss mir erschrocken auf die Unterlippe. Hoffentlich hatte ich mich jetzt nicht in die Nesseln gesetzt. Als ich dann aber dieses leichte Schmunzeln der Kommissarin sah, war ich erleichtert. „Keiner im Betrieb kann ihn ausstehen. Er pickt sich immer wieder Mitarbeiter heraus, die er für irgendetwas versucht verantwortlich zu machen. Und er geht sogar mit seinem Mobbing so weit, dass sie entweder selbst kündigen oder ihnen durch den ganzen Stress ein schwerwiegender Fehler unterläuft, so dass er ihnen kündigen kann."

„Wir haben den Fokus auf ihn gerichtet", sagte die Kommissarin mit einem Mal. „Als ich ein Gespräch mit ihm führte und direkt auf sie ansprach, wirkte er sichtlich nervös."

Ich hob meine Augenbrauen. „Meinen Sie wirklich, dass er zu so etwas imstande wäre? Ich traue ihm ja viel zu, aber…"

Still und friedlich lagen Pool und Terrasse mit den dort aufgestellten Liegen vor mir. Die Kommissarin war schon lange gegangen, aber ihre Worte ließen mich einfach nicht los.

Leonhardt mochte sicher ein Widerling sein, aber dass er zu so etwas fähig sein könnte, wollte nicht so wirklich in meinen Kopf. Wenn ich über die potentiellen Gestalten nachdachte, denen ich es noch eher zutrauen würde, dachte ich sofort an meinen doch so über alles geliebten Schwager Bernd sowie meine Schwester. Immerhin gab es kein Erbe mehr, futsch für sie beide. Vater hatte anders entschieden. Aber Leonhardt?

Ich musste meine Gedankengänge verbannen. Das Ganze war schon schlimm genug, was mein Leben gerade bestimmte. Zudem hatte ich noch Kirsten mit hineingezogen. Das belastete mich nach wie vor auch noch sehr.

Jetzt eine Runde schwimmen?

Diese Idee verwarf ich trotz meines Druckes, der immerzu auf mir lag, nicht. Ich wusste ja bereits, dass das Wasser gar nicht einmal so kalt war. So streifte ich also meine Flip-Flops ab und glitt hinein. *Nun ja, warm ist etwas anderes.*

Aber nun, wo ich einmal drinnen war, würde ich nicht gleich wieder hinausstürzen. Ich schwamm Bahn um Bahn und hatte das Gefühl, dass mit einem Male alles von mir abfallen würde.

Ich ließ mich für einen Moment mit geschlossenen Augen treiben. Und als sie wieder öffnete, sah ich, wie Kirsten gerade aus der Terrassentür trat. Sie trug eine Sonnenbrille und einen weißen String-Bikini. Mein Gott, sie sah so verdammt gut aus.

Als sie nun vor mir am Rand des Pools stand, tauchte sie ihren großen Zeh ins Wasser und fand die Temperatur wohl perfekt. Und bevor sie schließlich ins Wasser glitt, legte sie noch das Oberteil ihres Bikinis ab. Kirsten schloss die Augen und seufzte zufrieden auf. Es war, als würde sie für einen Moment den Stress einfach nur wegspülen.

Kirsten begann nun auch ein paar Bahnen zu schwimmen. Immer, wenn wir aufeinander zu schwammen, lächelte sie. Ein paar Bahnen hatte sie nun geschwommen, dann hielt sie an einem Ende des Pools an und beobachtete mich, während ich in der Mitte stehengeblieben war.

Plötzlich erschrak ich. Ich entdeckte einen orangeroten Mündungsblitz gierig auf uns zukommen. Jemand schoss auf uns. Nein, nicht auf uns. Der war nicht für mich bestimmt. Bevor die Patrone dicht an meinem Ohr vorbeizischen konnte, um meine Liebste zu treffen, schaffte ich es noch, mich dazwischen zu bringen. Wie, das wusste ich nicht mehr genau.

Ich bemerkte das Brennen kaum, das das Loch verursachte. Merkwürdig, ich verspürte keinen Schmerz. Ich sah das Einschussloch in meiner rechten Schulter, aus dem dunkles Blut quoll.

Alles um mich herum begann zu verschwimmen. Ein Schatten fiel auf mich. Und ehe ich in tiefe Bewusstlosigkeit versank, gab es ein ohrenbetäubendes Geräusch und ich wurde von einer Welle überspült. Wie aus weiter Entfernung hörte ich eine mir vertraute Männerstimme sagen „Lis, bleib bei uns". Zwei kräftige Hände packten meine Schultern und hielten mich über Wasser.

Das Letzte, was ich vernahm, war „Kirsten, bitte verständigen Sie den Notarzt" - dann wurde es Nacht um mich herum.

Als ich wieder zu mir kam, vermochte ich nur mühsam meine Gedanken zu sammeln. Sie kamen so bruchstückhaft, dass sie sich nicht ganz zusammenfügen ließen. Immer wieder tauchten Bruno Biermann und Kirsten darin auf. Und Wasser, jede Menge Wasser um mich herum. Zwei Hände, die mich herauszogen, ehe es dunkel um mich wurde. Ich selbst musste dabei wohl gestorben sein.

Wenn ich geahnt hätte, wie sich arge Schulterschmerzen im Himmel, oder wo ich mich auch immer befand, anfühlen würden, ich hätte mir das Sterben garantiert noch einmal überlegt.

Ich blinzelte noch einmal, und ganz langsam bekamen die Schatten Umrisse. Der Ort um mich herum glich einem Krankenzimmer. Und obwohl ich noch diese schmerzende Schulter hatte, begann ich zu erkennen, dass ich nicht tot war.

An meinem Bett saß Kirsten, die meine Hand hielt. Sie lächelte. Warum um Gottes Willen ging alles bloß so langsam in meinem Gehirn?

Kurz darauf kam eine Krankenschwester ins Zimmer, kontrollierte die Infusionsflasche an der Halterung. „Haben Sie Schmerzen?"

„Es ist auszuhalten", sagte ich leise. „Ich fühle mich ziemlich müde."

„In der Infusion ist neben dem Schmerzmittel noch ein Sedativum", sie nahm mein Handgelenk und fühlte meinen Puls.

Ich entspannte mich ein wenig. „Sagen Sie bitte, wie schwer bin ich verletzt?"

„Sie hatten mehr Glück, als sie glauben. Es war ein glatter Durchschuss, bei dem viele Muskelfasern durchtrennt wurden.

Es musste genäht werden."

Als sie weg war, und ich Kirsten dort sitzen sah, klopfte mein Herz schneller. Kirsten erzählte mir von dem, was geschehen war. Dann beendete sie mit den Worten „Du hast mir das Leben gerettet".

„Ich habe dich mit hineingezogen. Soweit hätte es niemals kommen dürfen." Ich schloss meine Augen. Dass ich meine Tränen nicht zurückhalten konnte, dessen war ich mir bewusst. Sie bahnten sich ihren Weg. Mit unsicherer Stimme sprach ich weiter: „Ich kenne so etwas nicht, was mir hier zurzeit widerfährt. Das alles ist ein ganz schlechter Film, vor dessen Ende ich große Angst habe. Ich kann es nicht steuern, sehe nur, dass Ihr alle mit in tödlicher Gefahr schwebt."

Ich öffnete meine Augen wieder und beobachtete Kirsten, weil ich wissen wollte, wie sie auf meine Worte reagieren würde. Es erdrückte mich alles. Die Zeit ließ sich nicht zurückdrehen. Keine Zeitmaschine, in die ich mich setzen konnte, bis zu dem Tag, als ich mit meinem Cabrio ihren Wagen angefahren hatte. Reißaus nehmen? Egal, was mir kurzweilig in den Kopf kam, es war aussichtslos. Ich war gefangen! Und sie waren mitgefangen!

Dass Blumen eine große Tradition in Krankenhäusern haben, wusste ich. Ein Bouquet aus gelben, orangenen und roten Blumen lugte als erstes durch den Türspalt. Erst als die Tür ganz aufging, konnte ich sehen, wer der Überbringer dieses wunderschönen Straußes war. Dahinter das charmante Lächeln von Bruno Biermann, wie immer äußerst chic gekleidet.

„Mein Lebensretter", lächelte ich ihm zu.

Während er an das Krankenbett herangetreten war, beugte er sich mit den Worten „Jetzt übertreiben Sie aber nicht, Lis" zu mir herunter und küsste mich auf die Wange.

„Bitte nicht so bescheiden. Ohne Sie wäre es für mich vorbei gewesen." Ich nahm die Blumen entgegen, roch daran wie ein glückseliges Kind. Eine nach der anderen betrachtete ich fasziniert und roch erneut daran. „Wie intensiv diese Farben sind."

„Lis, Sie sind bei mir auch nicht mehr sicher", Bruno Biermanns Gesicht war sehr ernst geworden. „Die Kommissarin hat zwei Beamte hier vor dem Krankenzimmer abgestellt. Wer immer Sie auch stalkt, er hat einen Gang hochgeschaltet."

„Lassen Sie mich schon hinein!"

Ich blickte auf. Die Stimme draußen vor dem Zimmer kannte ich. Wusste gar nicht, dass er so rabiat werden konnte.

„Lis Hartmann ist eine gute Freundin von mir."

Nach einem vernehmbaren und knappen Gezanke ging die Tür erneut auf und Jochen trat ein. Zu unser aller großen Überraschung war Xavier bei ihm. Wenn ich nicht ganz genau wüsste, dass Jochen auf Frauen stände, würde ich mir bei diesem Anblick jetzt ernsthaft Gedanken machen, wie sie so nebeneinander an meinem Bett standen. Wie Turteltäubchen — einfach süß.

„Was machst du denn für Sachen?" Jochens Augen leuchteten, als er mir einen Kuss auf die Wange drückte. „Gott sei Dank ist nicht noch Schlimmeres passiert. Nicht auszudenken..."

Die Krankenschwester, die vorhin noch nach mir geschaut

hatte, zwängte sich resolut mit den Worten „Was ist denn hier los?" zu mir durch und schaute Jochen und Xavier an. „Es ist ja sehr nett, dass Sie Frau Hartmann einen Besuch abstatten wollen. Aber kommen Sie doch bitte morgen wieder. Die Patientin braucht noch Ruhe."

Es musste bereits Mitternacht vorbei sein, als ich wegen einem Geräusch wach wurde. Im Zimmer war es bis auf ein Nachtlicht völlig dunkel. Vorsichtig erhob ich mich, sank jedoch gleich darauf zurück auf die Matratze. Der Schwächeanfall machte mir keine Sorgen, aber das Geräusch.

Eine dunkle Gestalt kam ins Zimmer. Komplett in Schwarz gekleidet. Groß, und auf jeden Fall männlich. Langsam kam er auf das Bett zu. Nein, es handelte sich keineswegs um einen Traum. Ich geriet in Panik. Da war dieser Duft, ich roch ihn, noch ehe er das Bett erreichte. Und ich kannte diesen Duft, den er an sich trug.

„Sie?" Meine Augen weiteten sich, als ich sah, dass der Kerl neben mir eine Spritze in der Hand hielt. Er rollte mit den Augen, packte mich unsanft am Arm und drehte ihn um. Ich sah die Spritze auf meinen Arm zukommen und zog ihn rasch weg. „Nein!", schrie ich. Dabei riss die Infusionsnadel ab, und die restliche Flüssigkeit tropfte neben mir fröhlich auf meine Matratze.

„Verdammt nochmal, halt still!", keuchte mein Gegenüber und zog die Spritze zurück. „ich ramme dir jetzt diese Spritze in deinen Arm." Blitzschnell drückte er mein Handgelenk mit eisernem Griff auf die Matratze und gab so die Innenseite meines Arms frei.

Ich versuchte mich zu wehren und zappelte so gut es ging. Zwar quälten mich die Schmerzen in meiner Schulter, aber alles war besser als diese Spritze. „Wieso ausgerechnet Sie? Was wollen Sie von mir?"

Im letzten Moment war es mir gelungen, meinen Arm zu befreien, und Franz Leonhardt hatte die Nadel in die Matratze gerammt. Die Flüssigkeit selbst schwappte noch in der Spritze.

In dem ganzen Handgemenge, das sich nun entwickelte, als er mich unter dem Druck seines kräftigen Körpers auf die Matratze fixierte, wurde es mit einem Mal hell im Krankenzimmer und irgendwer versuchte Leonhardt von mir runterzuziehen. Lange hätte ich es in dieser Position unter ihm nicht mehr ausgehalten.

Franz Leonhardt wurden von Sarah Fessel und einem Kollegen die Hände auf den Rücken gedreht, Handschellen klickten. Das Gesicht von Sarah Fessel tauchte vor seinem auf. Sie lächelte grimmig und raunte ihm eine Botschaft ins Ohr: „Wir haben dich, Arschloch."

Kapitel 14

Eine wahre Überraschung

„Heute ist es soweit, Frau Hartmann. Sie können jemanden anrufen, der Sie nach Hause fährt", verkündete der diensthabende Arzt lächelnd.

Ich rief Jochen an. Mir war wichtig, dass Kirsten endlich zur Ruhe kam. Jeden Tag hatte sie an meinem Krankenbett verbracht; keine Minute war sie von mir gewichen. Gestern bat ich sie, endlich mal zu Hause zu bleiben. Die dunklen Augenringe und die Blässe bereiteten mir große Sorgen. Kein Wunder, denn auch sie hatte neben mir viel durchgemacht.

„Wie lange bist du denn krankgeschrieben?", wollte Jochen wissen.

„Zwei Wochen."

„Ich bin froh, dich noch bei Herrn Biermann zu wissen. Dort kannst du dich sicher noch etwas erholen."

„Auf Dauer möchte ich dort aber nicht verweilen, muss irgendwann nach Hause zurück. Und invalide bin ich ja nicht wirklich."

„Verständlich", meinte Jochen und legte auf.

Ich steckte das Smartphone weg und packte meine wenigen Sachen zusammen. Dann setzte ich mich aufs Bett und wartete.

Zwanzig Minuten später klopfte es. Statt Jochen stand Sarah Fessel in der Tür und klapperte mit dem Autoschlüssel. „Ich habe gehört, dass Sie heute entlassen werden und ein Taxi suchen? Ich stehe Ihnen gerne zur Verfügung."

Ich blinzelte überrascht. „Mit Ihnen hätte ich nun gar nicht gerechnet. Eigentlich wollte mich..."

„...Herr Bochardt fahren, ich weiß", lächelte die Kommissarin. „Wir haben uns zufällig vor dem Haupteingang getroffen. Es war in Ordnung für ihn, dass ich Sie fahre. Wenn ich ihn richtig verstanden habe, erwartet Sie Herr Biermann, wo Sie sich noch eine Zeit lang erholen sollen."

Während der Fahrt sprach Sarah Fessel anfangs nicht viel. Sie erkundigte sich nach meinem Befinden, fragte, was der Arzt gesagt hätte und wie lange ich noch zu Hause bleiben solle. Dann verebbte für kurz die Unterhaltung.

Ich schaute sie von der Seite her an und versuchte zu ergründen, warum die Kommissarin so wortkarg war. So kannte ich sie eigentlich gar nicht. Natürlich konnte ich ihr nicht hinter die Stirn schauen. Das Verhalten machte mich jedoch ziemlich unsicher.

„Wir haben Leonhardts Geständnis", sagte sie unerwartet, als sie den Wagen an einer Ampel, die gerade auf Rot umschaltete, anhielt. „Für mich klingt das Motiv jedoch etwas schwammig."

„Was hat er denn gesagt?", wollte ich wissen.

Es erstaunte mich, dass Leonhardt gestanden hatte. So etwas hätte ich ihm nicht zugetraut. Hätte ich das wirklich nicht? Menschen ließen sich vor den Kopf schauen, aber nicht dahinter. Und das zeigte sich bei meinem Chef, der nun versucht hatte, mich mit einem Arzneimittelcocktail umzubringen.

„Er gab das typische Motiv an", sagte die Mitdreißigerin und sah mich von der Seite an. „Verschmähte Liebe. Wir haben die Anruflisten von ihm überprüft. Die Anrufe, die Sie erhielten, stammten allesamt von ihm. Und die Fotos auf der Speicherkarte des Fotografen hatte er auch in Auftrag gegeben."

Die Ampelanlage schaltete wieder auf Grün. Und noch bevor sie anfuhr, ergänzte sie: „Den schrägen Kauz von Fotografen haben wir übrigens dingfest machen können."

Ich sank weiter in den Beifahrersitz hinein, gleichzeitig betroffen und erleichtert. „Ich verstehe es einfach nicht. Dass er so vernarrt in mich war, ist mir nie aufgefallen. Er zeigte mir vielmehr, dass ich ihm beruflich ein Dorn im Auge war. Suchte ständig nach der Nadel im Heuhaufen, um mich loszuwerden. Stalking ist ja dann eine Sache, aber mich auch noch versuchen umzubringen?"

Vor Bruno Biermanns Villa brachte Sarah Fessel den Wagen zum Stehen. „Da sind wir." Sie stieg aus und holte meine Tasche aus dem Kofferraum. „Ich bringe Sie noch rein."

Die schwere Sicherheitstür vor uns stand einen Spaltbreit offen. Sarah Fessel und ich schauten uns beunruhigt an. Daraufhin signalisierte sie mir mit einer Handbewegung, dass ich mich zu meiner Sicherheit ein Stück entfernen solle.

Mit einer fließenden Bewegung löste sie die Schlaufe an ihrem Holster, zog die Heckler & Koch P2000 und entsicherte sie gleichzeitig.

Mit der Pistole im Anschlag, schob Sarah Feller mit der freien Hand die Haustür nach innen. Vorsichtig drückte die junge Frau weiter auf und betrat die Empfangshalle. Sie spähte vorsichtig in den Raum. Soweit schien alles okay zu sein – nichts zu erkennen.

Plötzlich läutete das Smartphone in der Jackentasche der Kommissarin. „Ach so, das wusste ich nicht. Wir kommen dann jetzt zu Ihnen rein."

Sarah Feller beendete das kurze Gespräch und steckte das Smartphone in die Jackeninnenseite zurück. Darauf steckte sie die Waffe in den Holster zurück und lächelte mir zu. „Kommen Sie bitte rein, Frau Hartmann. Es ist alles in Ordnung."

Als sie mich in der Tür stehen sah, kam sie sofort auf mich zu. „Warten Sie bitte, ich nehme Ihre Tasche."

Was ich erwartete, wusste ich nicht genau, als ich die Tür zum Wohnzimmer hin öffnete. Direkt vor mir die vor Freude und Aufregung geröteten Gesichter all jener Menschen, die mir am Herzen lagen. Ich konnte sie mit einem Blick gar nicht alle in mich aufnehmen.

Es war der schönste festlich geschmückte Raum, den ich jemals gesehen hatte: Quer durchs Zimmer zogen sich bunte Girlanden, überall waren Luftballons angebracht, und zwei junge Männer eines Catering-Dienstes standen am Rand mit gefüllten Schampus-Gläsern auf ihren Tabletts. An der Wand mir gegenüber blinkte ein Schriftzug mit „Herzlich Willkommen". Im gesamten Raum standen Vasen mit blühenden und duftenden Blumen, und aus den Lautsprechern erklang das Lied von Louis Armstrong „What A Wonderful World".

Ich war unendlich gerührt und bekam feuchte Augen. Alle waren anwesend und hatten sich solche Mühe gegeben. Selbst Sarah Fessel neben mir schien nicht zu wissen, was sie sagen sollte. Selbst im familiären Kreis hätte ich solch einen Empfang niemals bereitet bekommen.

„Gott sei Dank!" Kirsten rannte auf mich zu und umarmte mich stürmisch. „Du hast mir so sehr gefehlt", hauchte sie mir ins rechte Ohr und drückte mir einen Kuss auf die Lippen.

„Ich weiß nicht, was ich sagen soll", ich lächelte und wurde ganz verlegen. „Das ist so lieb von euch."

Da standen sie alle vor mir, alle, die mir so nahe waren und sie liebte. Bruno Biermanns Angesicht ruhte voller Freude auf mir und Kirsten. Der liebenswürdige Blick von Else, die direkt neben ihm stand, legte sich wie ein Schleier aus Wärme und Liebe auf mich. Etwas schräg hinter ihnen versetzt standen Jochen und Xavier. *Wenn ich, verdammt nochmal, nicht wüsste, dass Jochen…., würde ich meinen, dass zwischen den beiden was läuft.*

„Komm bitte mit!" Kirstens sonst so feste Stimme hatte beinahe einen quietschigen Unterton bekommen. Sie nahm mich an der Hand und zog mich an Bruno Biermann vorbei zu einem bunt geschmückten Tisch in der Ecke. Darauf lagen ein paar wundervoll verpackte Geschenke. „Ich weiß nicht, was ich sagen soll…. Noch nie habe ich so etwas erleben dürfen", stammelte ich schon fast.

„Das ist von mir." Kirsten deutete mit dem Finger auf das kleinste der Päckchen.

Ich lächelte, nahm es an mich und begann es zu öffnen. Es war eine kleine Schatulle, die einen flachen geschliffenen Rosenquarz enthielt, der an ein Band angebracht war.

Auf meinen fragenden Blick erklärte Kirsten stolz: „Wenn du ihn am Herzen trägst, wird der Rosenquarz dafür sorgen, dass deine Empfänglichkeit für Liebe und romantische Beziehung gestärkt wird. Probier ihn an!" Aufgeregt legte sie mir das lederne Band mit dem Edelstein um den Hals. „Der römischen Mythologie zu Folge", flüsterte sie mir dabei leise ins Ohr, „soll er von Amor, dem Gott der Liebe, auf die Erde gebracht worden sein, um den Menschen Liebe zu schenken. Er ist der Stein für die Verliebten, denn er lässt Sehnsüchte und Wünsche wahr werden. Durch ihn schwebt man noch einmal mehr auf Wolke Sieben."

Überwältigt von Gefühlen nahm ich Kirsten in die Arme und küsste ihre weichen Lippen. Vor mir stand die Frau, mit der ich den Rest meines Lebens verbringen wollte. Dessen war ich mir nun endgültig sicher.

Mit einem Auge nahm ich wahr, wie mir Sarah Fessel mit dem rechten Auge zuzwinkerte. Alsdann nickte sie und verließ den Raum.

Sie wollte schon gehen? Nein, das ging nicht. Nicht einfach so. „Entschuldige mich bitte für einen Moment, Liebste."

Die junge Frau hatte längst den Weg zu ihrem Wagen zurückgelegt. Ich eilte hinter ihr her, um sie noch rechtzeitig einzuholen, ehe sie einsteigen konnte. „Sie wollen nicht bleiben?"

Sarah Fessel errötete etwas, als wir nun direkt voreinander standen. Eine lange dunkelblonde Strähne fiel ihr ins Gesicht. Sie wischte sie mit einem Finger zur Seite und strich sie hinters Ohr. „Ich muss noch einmal zurück ins Präsidium und an meinem Bericht weiterschreiben."

Dann sagte sie mit einem Mal etwas, mit dem ich nicht gerechnet hatte und mich doch etwas aus der Bahn warf. Und ich spürte, dass sie es aus tiefstem Herzen ehrlich meinte. „Sie und Frau Meinhardt, Sie sind ein wunderschönes Paar. Halten Sie aneinander fest. Ich melde mich bei Ihnen, wenn ich noch Informationen benötige."

Mein Herz erfüllte sich mit Wärme, als sie losfuhr. Ich sah, wie Sarah noch einmal in den Rückspiegel sah und lächelte.

Noch bevor ich die Türklinke berührte, vernahm ich von innen zwei Stimmen. Eine von ihnen erhaben und arrogant. Im nächsten Augenblick öffnete sich die Tür und Kirsten stand direkt vor mir. Sie zuckte zusammen, als sie mich sah, hatte wohl mit mir nicht gerechnet. Ihre Augen waren gefüllt mit Tränen. Dann fiel sie mir aufgelöst in die Arme.

Während ich sie tröstete, sah ich, warum es Kirsten so ging, wie es ihr ging: Dort stand sie – mitten im Raum -, bis auf ihre schon fast quäkende Stimme war alles drum herum still geworden. Und Bruno Biermann stand vor ihr und schien nicht mehr zu Wort zu kommen. Er wollte etwas sagen, doch das Einzige, was ihm gelang, war seine Lippen zu bewegen.

Eva-Helene van Houten verbot ihm auf ihre Weise das Wort. Es schien, als hätte sie ihm selbst verboten Luft zu holen. Mit zwei Fingern ihrer linken Hand schnipste sie die Bedienung herbei, riss sich ein Glas mit Sekt herunter und setzte zum Trinken an. Beachtlich, wie sie es schaffte, mit dem Glimmstängel zwischen den schmalen, schrill gefärbten Lippen das Glas in einem Zug zu leeren. Allerdings wäre das jetzt eine Möglichkeit, das Wort zu ergreifen.

Aber auch das misslang. Sie leerte es in einem Zug und zeterte weiter. „Sie wissen ganz genau, Herr Biermann, dass es sich gehört, mich zu Feierlichkeiten einzuladen. Warum haben Sie das versäumt?"

Bruno Biermann war puterrot geworden, versuchte nach Luft zu schnappen. „Weil dies eine private Feier ist!" Noch nie zuvor hatte ich ihn in solch einer Gemütslage gesehen.

„Ach, Bruno", sülzte sie, strich mit ihrem Finger über seinen linken Oberarm. „Sie wissen doch, nichts ohne Eva-Helene van Houten."

Ich fragte mich, wie sie hier hereingekommen war.

Kirsten musste mir die Frage vom Gesicht abgelesen haben. „Sie kam mit einem Mal über die Terrasse herein. Weiß Gott, woher sie wusste, dass wir das heute geplant haben."

„Jetzt kommt sie auch noch hierher", flüsterte ich Kirsten zu. Sie hatte uns entdeckt! Mit den Worten „Ich bin gleich wieder da, Bruno" entfernte sie sich von ihm und steuerte auf mich und Kirsten zu.

Ehe sie uns erreichte, griff sie im Vorübergehen bei derselben Bedienung ein weiteres Glas vom Tablett.

„Da sind ja meine beiden Turteltäubchen", sagte sie mit süffisanter Stimme, den Glimmstängel schräg zwischen den Lippen hängend. Nach dieser wahrlich unverschämten Begrüßung schlug sie mir – sicher ihrer Meinung nach freundschaftlich - auf die verletzte Schulter.

Ich stöhnte unter Schmerzen auf, und es wurde mir für einen Moment schwarz vor den Augen, so weh tat es. Dann, aus meiner Reaktion heraus, holte ich mächtig aus und verpasste ihr mit der Hand meines noch intakten Arms eine Ohrfeige, die sich gewaschen hatte. Der Geruch von Alkohol stieg mir zudem noch in die Nase.

Entsetzt wich Eva-Helene van Houten zurück. Die Zigarette, die ihr noch zwischen den gespitzten Lippen steckte, fiel heraus. Und das Glas, das sich bis eben auch noch zwischen ihren Fingern befand, zersprang nach dem Fall auf den Steinboden in tausend kleine Scherben.

Ich beugte mich vornüber, kniff schmerzerfüllt die Augen zusammen und legte meine Hand auf die heilende Wunde. „Sie sind eine verdammte blöde Kuh", sagte ich unter Schmerzen.

Es war mir egal, wie sie nun reagierte, es ging eindeutig zu weit. Diese Frau hatte ich abserviert. Aber sowas von... Was mir jedoch blieb, waren meine Schmerzen.

„Wer ist diese unmögliche Frau?", wollte Else wissen, die herbeigeeilt kam.

Das Benehmen von Eva-Helene van Houten brachte Bruno Biermann, den ich selbst bisher als ausgeglichen erlebt hatte, mit einem Mal zur Weißglut. Er baute sich vor ihr auf. „Würden Sie bitte mein Haus verlassen?", sagte er in scharfem Ton. „Sie sind stratzevoll. Ich hole ein Taxi, das Sie nach Hause bringt."

Aber Eva-Helene blieb stur. Sie schrie ihn an. „Wie können Sie sich unterstehen, mir Vorschriften zu machen?" Alsdann kratzte sie ihm mit ihren Fingernägeln quer durchs Gesicht und riss ihm dabei die Haut von den Wangen. „Ich gehe dann, wenn ICH gehen will. Und das ist lange noch nicht der Fall!"

Auf einmal kam es zu Handgreiflichkeiten. Jochen war geistesgegenwertig herbeigeeilt und wollte sie von ihm wegziehen. Sie lachte nur und trommelte auf Bruno Biermanns Oberkörper ein. Dieser versuchte ihre Hände zu umgreifen, damit sie sich wieder beruhigen konnte.

Aber all das half nicht. Sie drehte sich vielmehr um und gab Jochen einen Fausthieb direkt unters Kinn, so dass er in die Knie ging und ohnmächtig wurde.

Eva-Helene van Houten schrie abermals, aber das lag vielmehr daran, dass mit einem Mal Sarah Fessel hinter ihr stand, sie unsanft am Arm packte und mit den Worten „Sie kommen jetzt mal mit mir, Frau van Houten. Die Feierlichkeit ist für Sie heute hier beendet." nach draußen auf die Terrasse gingen.

Kirsten hielt immer noch ihr Smartphone mit der Hand umgriffen. Niemand im Zimmer schien bemerkt zu haben, dass sie die Kommissarin zurückgeholt hatte.

Vielleicht würde jetzt alles wieder zurück in seine Bahnen laufen, dachte ich so, als ich mich bei Kirsten ankuschelte. Die Feierlichkeit vor vier Tagen war Dank dieser verrückten freien Journalistin in einem Desaster geendet. Hoffentlich musste ich dieser Frau nicht noch einmal über den Weg laufen.

Leonhardt hatte ja gestanden und befand sich in Untersuchungshaft, auch wenn Sarah Fessel so ihre Zweifel an dem kompletten Geständnis hatte. Ihren Ratschlag, mir so rasch wie möglich therapeutische Hilfe zu holen, wollte ich beherzigen. Alleine, das wusste ich, würde ich es nicht bewältigen können. Aber nicht nur ich, auch für Kirsten war dies sehr wichtig.

Damit, dass die Polizei ihn dingfest gemacht hatte, war das Thema nicht beendet. Eine Verhandlung stand irgendwann im Raum, und wir mussten dort wahrscheinlich als Geschädigte anwesend sein. Darüber nachdenken, dass ich erneut mit ihm konfrontiert werden musste, durfte ich jetzt nicht.

Insgesamt wünschte ich mir, dass er seiner gerechten Strafe zugeführt werden würde.

„Ich bin froh, dass es endlich vorbei ist", sagte Kirsten und rollte sich auf den Rücken, so dass ich augenblicklich mit dem Kopf an ihrer Schulter lag. „Ich liebe dich." Sie küsste mich aufs

Haar.

„Und ich liebe dich."

So lagen wir noch wenige Minuten, schweigend, während die ersten Vögel vor dem Schlafzimmerfenster im Halbdunklen zu singen anfingen. In wenigen Stunden würde es anfangen zu dämmern, und wir mussten aufstehen.

Heute war der Tag, an dem jede von uns wieder zurückkehren würde in die eigene Wohnung. Für weitere zwei Wochen war ich noch krankgeschrieben. Danach aber wollte ich zu Lasse ins Büro, der sich, wie er sich am Telefon äußerte, unendlich darüber freute, dass soweit alles ausgestanden sei. Ich wollte versuchen, den Alltag so gut wie möglich wiederherzustellen.

Ich schreckte zusammen, als mein Smartphone mit einem Piepen anzeigte, dass eine SMS eingegangen war. Ich rappelte mich auf und rief die Nachricht auf, obwohl es etwas Dringliches nicht sein konnte. Der Absender war anonym. „Es ist noch lange nicht vorbei für euch beide. Nicht heute, nicht morgen, es wird noch eine lange Zeit vergehen, bis es wieder los geht. Verlasst euch drauf!"

Epilog

Das bittere Ende?

Kirsten und ich waren inzwischen über ein halbes Jahr liiert und trugen uns mit dem Gedanken, uns das Ja-Wort zu geben. Die SMS hatte ich mittlerweile verdrängt, Sarah Fessel darüber jedoch noch informiert. Ich wollte, wie Kirsten auch, dies alles endlich abschließen können.

Die Verhandlung hatte uns noch einmal arg zugesetzt, aber der Richterspruch war gefallen. Franz Leonhardt sollte für vier Jahre ohne Bewährung ins Gefängnis gehen, ohne vorzeitig entlassen zu werden. Nun würde ich ihn nicht so schnell mehr wiedersehen.

Nachdem wir also beide Wohnungen aufgegeben hatten, bezogen wir vor acht Wochen eine Penthouse-Wohnung, in der wir nun lebten.

Als Kindersatz schlief ein kleines kurzhaariges Chihuahua-Mix-Mädchen namens Peggy Sue mit in unserem Bett. Der Tierschutz hatte sie in Spanien aus der Tötung geholt, und so war sie letzten Endes bei uns gelandet. Anfangs gab es noch Grundsatzdiskussionen, ob der Hund mit ins Bett durfte oder nicht. Aber Kirsten hatte auf ganzer Linie gesiegt.

Immer, wenn ich dieses zauberhafte Lächeln sah, konnte ich ihr nicht widersprechen. Das war wohl mein großes Los, was ich gezogen hatte. Ob das wohl immer so von Vorteil war?

Große Klassik intensiv erleben. Da war mein Traum - einmal die große Philharmonie zu besuchen.

Und Kirsten erfüllte ihn mir. Heute trug ich das kurze Schwarze, das schon lange im Schrank hing, und ich es stets für sehr gewagt hielt es anzuziehen. Die größte Überraschung ereilte uns dann in dem Saal. Eine Reihe weiter über uns saß Sarah Fessel - und zwar nicht alleine. Neben ihr saß eine attraktive Brünette. Und ich musste schmunzeln. Deshalb war sie auch leicht rot geworden, bevor sie mir damals sagte, dass wir ein wunderschönes Pärchen seien. Jetzt, nach solch einer langen Zeit kannte ich den Grund ihrer Worte.

Ich hatte das Cabrio nach einem gelungenen Abend in der Garage abgestellt, und Kirsten wartete bereits auf dem Gehweg auf mich. Sie sah wie immer atemberaubend aus, als ich den Wagen abschloss und zu ihr hinaustrat. Ich war immer noch so verrückt nach ihr. So verrückt wie zu Anfang. Und ich wollte, dass dies niemals ein Ende hatte.

„Wir müssen nochmal mit Peggy eine kleine Runde drehen", hörte ich sie sagen.

Plötzlich sah ich den schwarzen Audi die Straße hochfahren und Kirsten erfassen. Kirsten krachte auf die Motorhaube, dann auf die Windschutzscheibe, die wider Erwarten ganz blieb, und flog dann übers Dach. Und der schwarze Audi? Er fuhr einfach weiter.

Mit geöffnetem Mund stand ich nur da und blickte auf den leblos daliegenden Körper, der auf dem überschwemmten Kopfsteinpflaster lag.

Ich sah, wie sich das Regenwasser mit Blut vermischte. Alles in mir überschlug sich. Ohne lange zu überlegen, rannte ich zu Kirsten hinüber. Dort beugte ich mich über sie und strich ihr mit einer Hand die Haare aus dem Gesicht.

Unterdessen kramte ich aufgelöst mit der anderen in meiner Handtasche herum. Irgendwo musste dieses verwünschte Smartphone sein. Ich musste den Notarzt verständigen.

Ihr Blut sickerte in die Zwischenräume des Pflasters.

Doch dann schien Rettung zu nahen. Aus naher Entfernung

vernahm ich das Geräusch eines Fahrzeugs. Zwischenzeitlich hielt ich das Smartphone in meinen Händen und versuchte flatterig den Notruf zu wählen.

Während sich der Wagen näherte, ließ ich das Handy fallen und winkte auffällig. Er kam die Straße hinuntergefahren. Als ich das Fahrzeug dann erkennen konnte, wurde mir eiskalt. Es war der schwarze Audi von eben mit seiner verbeulten Motorhaube.

Die Fahrerin, die ich sofort erkannte, gab Gas und hielt gerade auf mich zu. Alles ging so schnell, und ich bekam nicht mehr viel mit. Ich spürte nur noch, wie ich von dem Fahrzeug erfasst, durch die Luft geschleudert wurde und auf der Straße aufkam. Dann wurde es dunkel um mich herum.

Ich rang nach Luft. Mein Kopf und Genick schmerzten unaufhörlich, nachdem ich aus meiner kurzen Bewusstlosigkeit erwachte. Ich hatte mit meinem Gesicht in der Pfütze aus Regenwasser und Blut gelegen.

Wieder vernahm ich ein Motorengeräusch. Der Audi raste ein weiteres Mal auf uns zu. Und obwohl ich noch versuchte Kirsten mit letzter Kraft von der Straße zu ziehen, war der Audi schneller und erwischte sie an den Beinen. Wie ein Kreisel wurden wir beide durch die Luft geschleudert.

Mit dem Kopf knallte ich auf etwas Festem auf, zeitgleich neben mir ein dumpfer Schlag. Hinter der Windschutzscheibe Sabrina mit starrem Blick. Dann wandte ich mich, bevor ich erneut ohnmächtig wurde, ein letztes Mal Kirsten zu.

Blaulicht näherte sich. Wohin ich auch sah, versperrten etliche Streifenwagen und zwei Rettungswagen nun die Straße.

Überall geöffnete Türen und angespannte Sanitäter.

Wie durch ein Wunder hatte es mich nicht so schlimm erwischt. Ich hatte mir eine Platzwunde am Kopf zugezogen und mehrere heftige Prellungen. Ansonsten ging es mir einigermaßen gut.

Kirsten wurde, auf einer Rollbahre liegend, von einem Notarzt in Begleitung eines Sanitäters, im Laufschritt an mir vorbei, zu einem der Rettungswagen geschoben.

Einer der Helfer lief nebenher und hielt mehrere gefüllte Infusionsbeutel über ihren Kopf. Allerhand Schläuche verbanden die Beutel mit Kirsten. Die Räder klappten mit einem satten Geräusch unter der Rollbahre ein, nachdem sie zügig in den Wagen geschoben wurde.

„Bitte lassen Sie mich mit meiner Freundin ins Krankenhaus fahren", flehte ich den Arzt an.

Alles ging ganz schnell.

Ich kletterte in den Wagen. Dort nahm ich ihre Hand und schaute in ihr blutüberströmtes Gesicht. Ein seltsamer Friede lag in ihren geschlossenen Augen. Kalt lag ihre Hand in meinen Händen.

Mit einem lauten Knall wurden die Flügeltüren geschlossen und Sekunden darauf verließ der schwere Wagen mit Sirenengeheul und Blaulicht den Ort des Geschehens.

Die beiden Sanitäter versuchten sie während der Fahrt zum Krankenhaus ins Bewusstsein zurückzuholen. Ihnen war nicht entgangen, wie bleich ich geworden war.

„Bitte, Kirsten, du musst es schaffen", flüsterte ich und fühlte Tränen über meine Wangen laufen.

„Machen Sie sich bitte keine Sorgen", meinte der eine. „Wir werden Ihre Freundin schon wieder hinbekommen."

Ich schloss meine Augen und öffnete sie wieder. Dann schüttelte ich langsam den Kopf. „Wenn ich sie so anschaue, wie sie dort liegt, kann ich das nicht glauben."

Nun blickte mich der zweite an. „Was reden Sie da für einen Unsinn? Wenn wir kommen, dann ganz sicher nicht umsonst."

Wenn sie nur Recht hätten, dachte ich. Ich blickte auf meine Lebensgefährtin hinab, die schwerverletzt vor mir auf der Rollbahre lag.

Ich liebte diese Frau von ganzem Herzen und wollte den Rest meines Lebens mit ihr verbringen. Aber ich wusste nicht, ob sie das hier überleben würde.

Selbst wenn man meine Schwester zur Rechenschaft ziehen würde, aber solch ein Ausgang?

Endlich erreichten wir die Notaufnahme…

Ende

175

Bonusgeschichte

Schatten der Vergangenheit

Jeden Morgen wachte sie schweißgebadet auf. Dieser gottverdammte Alptraum. Immer wieder holte er sie ein. Nadja sah überall Feuer um sich herum. Brennende Felder – und Tod. Dann kam diese Feuerwalze auf sie zu. Sie stand nur regungslos da, bewegungsunfähig. Und ehe sie davon erfasst wurde, konnte sie sich daraus befreien. Nacht für Nacht, Woche für Woche, Monat für Monat…

Regina konnte sie anfangs noch beruhigen. Doch mittlerweile, ein halbes Jahr lag dazwischen, hatte sie keine Kraft mehr und war zum Schlafen ins Wohnzimmer auf das Sofa ausgewichen. „Du musst was tun, Schatz", hatte sie noch gesagt. „Das kann so nicht weitergehen." Nadja wusste, dass es auch ihre Beziehung belastete. Und ihr Vorschlag „was zu tun" hieß durch die Blume einen Psychologen aufzusuchen.

An diesen Freitagmorgen im Mai wachte sie zwar auch wieder schweißgebadet auf, aber diesmal war etwas anders daran. Da war dieser in antike Uniform gehüllte Mann. Er stand nicht einmal einen Meter von ihr entfernt und starrte sie ohne etwas zu sagen an. Der Blick vom Tod gezeichnet, sein Gesicht blutverschmiert, so hielt er ihr flehend die Hand entgegen.

Den ganzen Tag über beschäftigte sie dieser Traum. Er hatte eine Veränderung erfahren, die sie nicht verstand. Als sie abends nach Hause kam, suchte sie im Internet nach dieser Uniform, die dieser Mann trug.

„Was machst du?", fragte ihre Partnerin. Sie beugte sich über sie und drückte Nadja einen Kuss auf die Wange. „Uniformen? Heute bist du anders drauf. Fast aufgekratzt, als würde dich zwar der Traum noch stark beschäftigen, aber halt anders. Irre ich mich da?"

Wie recht sie hatte. Dieser Traum hatte sich verändert, eine Wendung genommen. Sie musste wissen, wer dieser Mann war und was er dort auf einmal zu suchen hatte. Wenn sie diesen Dingen auf den Grund ginge, so sagte sie sich, hatten diese wiederkehrenden Träume vielleicht bald ein Ende. Recherchen folgten: Dreißigjähriger Krieg? Aber das war keine dieser Uniformen. Bis spät in die Nacht saß sie vor dem Notebook, bis…

Es verpasste ihr einen Schlag mitten ins Gesicht. DAS WAR DIE UNIFORM! Genau die war es. Nadja hatte sie wiedererkannt. Dann las sie die zeitliche Geschichte dazu. Der siebenjährige Krieg. „Den gab's ja auch noch", sagte sie leise zu sich. Dann las sie weiter. Genau in der Ecke, wo sie wohnte, war ein berühmtes Dreieck, in dem sich Preußen, Engländer und Franzosen damals bis zum bitteren Ende bekämpften. Kämpfe, Verderben und Tod. Sie las auch von extremen Feuern, die alles vernichteten.

Nadja erinnerte sich, schon früher über Gaben verfügt zu haben, denen sie aber keine weitere Beachtung schenkte. Gegenwärtig schien sie ihre Gabe wieder eingeholt zu haben. Seit sie eine Beziehung führte, hatte sie diese verdrängt. Und nun?

Bevor sie zu Bett ging, machte sie das was sie einst tat: um Hilfe in der geistigen Welt bitten. Nadja wusste, wenn diese Träume Schatten der Vergangenheit waren, gab es Seelen, die weiterhin dort gefangen waren und nicht nach Hause gehen konnten.

Nachdem sie in sich gegangen war, füllte sich ihr Herz mit Wärme und zauberte ein Lächeln auf ihr Gesicht.

„Bitte komm heute Nacht wieder zu mir, ich brauche dich", bat sie Regina. „Du brauchst deine Bettsachen nicht mehr ins Wohnzimmer zu räumen."

Regina erfüllte ihr diesen Wunsch. Als sie am darauffolgenden Morgen in den Armen ihrer Liebsten erwachte, war es die erste Nacht ohne Alptraum….

ENDE

© 07/2021 Judith Hohmann

Nachwort

Bereits in 1990 schrieb ich meinen ersten Roman. Er handelte von den Erlebnissen einer jungen Frau, der die Möglichkeit geboten wurde, ihren immerwährenden Traum zu erfüllen: zu den Sternen zu reisen.

All die Jahre schlummerte er in der Schublade meines Schreibtisches, bis ich ihn in 2017 dann endlich veröffentlichte. Wie auch in all meinen anderen Publikationen, die bisher erschienen sind, brachte ich auch in diesem meine selbst entworfenen Zeichnungen mit ein.

Drei Jahre später, 1993, begann ich mit meinem ersten richtigen Frauenroman. Darin verarbeitete ich ferner einen Teil meiner persönlichen Geschichte, die das Outen betrifft. Zahlreiche Autoren bringen oftmals viel von sich mit ein in ihre Werke. So konnte und kann auch ich mich nicht davon freisprechen.

Jetzt, im Jahr 2019, hielt ich dieses Manuskript mit dem Titel „Geheime Wünsche" noch einmal in meinen Händen. Beim Lesen der Zeilen fühlte es sich an, als würde man in einer Art alter Lebenserinnerung herumblättern. Mein Stil war einst ganz anders, und man glaubt es kaum, er gefiel mir nun. Es fühlte sich insgesamt sehr gut und stimmig an.

Also machte ich mich daran, ausnahmslos alle Seiten abzuschreiben und zeitlich in die Moderne zu überführen.

Ich wünsche mir von Herzen, dass diese Erzählung allen, die es gelesen haben, gefallen hat und ich weiterhin viele zu meinen treuen Stammleser/Innen zählen darf.

Herzlichst, Ihre

Judith Hohmann

Über die Autorin:

Judith Hohmann lebt seit ihrer Geburt im Herzen von Hessen; genauer gesagt in Marburg an der Lahn.

Seit ihrer Jugend schreibt sie. Zuerst Kurzgeschichten, später längere Werke, welche sie ab 2015 beginnt zu veröffentlichen. Sämtliche Bücher sind mit ihren eigenen Illustrationen versehen.

In 1993 begann sie mit ihrem ersten Frauenroman, in dem ihr persönliches Outing mit einfließt.

Im Jahre 2019 machte sich die Autorin daran, das Manuskript erneut aufleben zu lassen. Nach etwa einem Drittel der eigenen Geschichte fügte sie eine fiktive Handlung hinzu, die mit diesem Buch "Geheime Wünsche" jetzt steht und als Buch erschienen ist.

Bisher sind folgende Bücher der Autorin erschienen:

Die Abenteuer des Super-Dackels Nepomuk
High Society – Made in Germany
Im Chaos der Gefühle
Und plötzlich war es Liebe (Romantische Erzählungen)
Wer ein Herz verlässt, bleibt draußen?
Zeitsprung I – The Beginning
Zeitsprung II – Kriegerinnen

...weitere werden folgen...

www.judithhohmann.de

.